ここは俺に任せて先に行けと言ってから
10年がたったら伝説になっていた。5
Koko ha ore ni makasete saki ni ike to ittekara
jyunen ga tattara densetsu ni natteita.
えぞぎんぎつね
イラスト：DeeCHA

ん？　どうした？
ロ、ロックさん、
見ちゃダメよー！
ひゃっ!?
ひゃあぁ——
竜になるためにケーテが服を脱ぐと、
セルリスとルッチラが真っ赤になった。

竜の姿になるなら
服は脱がねばな…

ルッチラが調べていた魔道具が爆発すると、
別の魔道具からも大量の吸血鬼が現れる!!
あ、いけない!!
起動、しちゃいます……!!

お招きに
感謝しよう……

よくここまで辿り着いた。

だが――

ここまでだ!!

真祖
邪神の手によって直接ヴァンパイア化された者。ヴァンパイアたちの階位におけるトップ。

なーに勝手なこと
言っていやがるッ!!
ここまで
なのはお前の方だ。
強がるのも
大概にしろよ!!

ここは俺に任せて先に行けと言ってから10年がたったら伝説になっていた。5

Koko ha ore ni makasete saki ni ike to ittekara
jyunen ga tattara densetsu ni natteita.

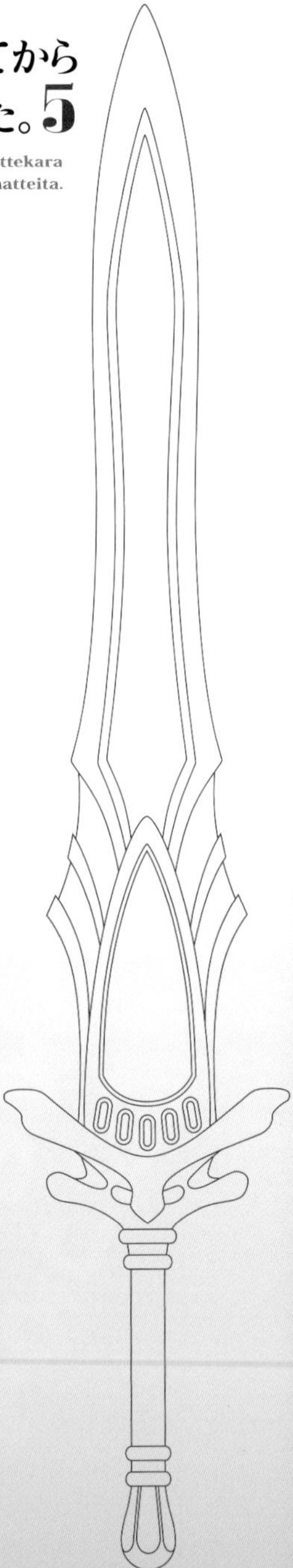

Contents

序 ▸ P003

第一章 ▸ P016

第二章 ▸ P035

第三章 ▸ P069

第四章 ▸ P103

第五章 ▸ P117

第六章 ▸ P125

第七章 ▸ P149

第八章 ▸ P160

第九章 ▸ P178

第十章 ▸ P198

第十一章 ▸ P251

ここは俺に任せて先に行けと言ってから
10年がたったら伝説になっていた。
Koko ha ore ni makasete saki ni ike to ittekara
jyunen ga tattara densetsu ni natteita.
えぞぎんぎつね
ezogingitune
イラスト：DeeCHA
5

序

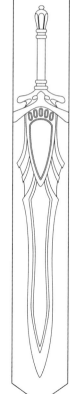

水竜の集落近くにあった昏《くら》き者どもの本拠地をつぶしてから三日後の昼過ぎ。

俺《おれ》は屋敷の居間の長椅子《ながいす》で横になっていた。

ゲルベルガさまを胸の上に乗せて、優しく撫でる。

「こここ」

「ゲルベルガさま、運動不足とかになってないか？」

「ここぅ」

言葉はわからないが、雰囲気的に大丈夫なようだ。

「はふっはっはっ」

そこにガルヴが太いロープの切れ端を咥《くわ》えて、俺のお腹《なか》にあごを乗せてくる。

ロープはちょうど豚足ぐらいの太さで、長さは俺の前腕ぐらいだ。

荷物を整理したときに余ったのであげたのだが、ガルヴは気に入ったようだ。

「ガルヴも昼寝したらどうだ？」

「くーん」

――ぺちぺち

甘えるような声を出しながら、ロープを俺の手に当ててくる。

綱引きして遊びたいのだろう。

「ガルヴは元気だな。午前中に水竜集落へ散歩に行ったというのに……」

仕方ないので、身体を起こして綱引きの相手をしてやることにした。

ゲルベルガさまはガルヴの背中へと移動する。

「ほらほらー」

「がうがうがうー」

ロープをつかんで引っ張ると、嬉《うれ》しそうにガルヴも引っ張る。

ガルヴは子狼《こおおかみ》だがとても体が大きい。当然、力も強い。

必要な運動量も多いのかもしれない。

「夕方にも散歩に行かないと駄目だな」

「わふ！」

ガルヴは散歩という声に反応した。ものすごい勢いで尻尾《しっぽ》を振った。

ロープの引っ張り方が変わる。俺ごと魔法陣部屋に移動しようとしているようだ。

「夕方だからな。今じゃないぞ」

「がぅ」

さすがは霊獣の狼、俺の言葉がわかるようだ。

そうしてまた綱引きに戻った。

適当にガルヴの相手をしていると、今度はセルリスとシアとニアがやってきた。

三人とも汗だくだ。庭で訓練していたのだろう。

「ガルヴ、ロックさんに遊んでもらっていたでありますねー」

「がう！」

シアはゆっくりと尻尾を振りながら、ガルヴの背を撫《な》でる。

「ゲルベルガさまも、楽しそうね」

「ここ」

セルリスに撫でられて、ゲルベルガさまも機嫌よく鳴いた。

ちなみにミルカとルッチラは、フィリーの手伝いをしている。

錬金術の助手をさせてもらっているようだ。

「ニア、訓練は順調か？」

声をかけた瞬間、ニアの尻尾が勢いよく揺れた。

「はい。ご指導いただいた通り、先日の戦闘を思い出しながら、身体を動かしています！」

ニアもシアもセルリスも、ヴァンパイアロードなどと激しく戦った。

それは得難《えがた》い経験だ。

復習することは成長につながるはずだ。

「まだ三人とも成長期だからな。特にニアとセルリスは、しばらく経験を身体になじませるのがいいだろう」

「しばらくとはどのくらいでしょうか？」

「一週間ぐらいかな」

「わかりました！」

シアはともかく、ニアとセルリスは、まだ初級冒険者だ。

ヴァンパイアロードは本来格上すぎる相手なのだ。

ヴァンパイアロードと戦った直後から激しい訓練をするのは、オーバーワークにもほどがある。

「それに……」

「それに、何かしら？」

セルリスが首をかしげる。

「……いや、何でもない」

俺はいま考えていたことをあえて口にしないことにした。

あのときの敵はヴァンパイアロードだけではなかった。

昏竜《イビルドラゴン》にヴァンパイアハイロード、たくさんのアークヴァンパイアを倒しまくった。

この面子《メンツ》の中では雑魚《ざこ》扱いされがちなアークヴァンパイアも、本来であれば強敵だ。

そんな強敵を大量に倒したのだ。当然のように、魔素が濃厚になる。

三人の体内にも多量の魔素が取り込まれたはずだ。

それに三人とも自らの手で何匹もとどめを刺している。

理屈はよくわからないが、自分でとどめを刺した方が成長は早いのだ。

「まあ、今はゆっくりすべき時だってことさ」

「ええ、わかったわ」

とにかく、体内に入った大量の魔素がなじむまではゆっくりすればいいと思う。

あえて詳しく説明しなかった理由は、自分が急成長したと過信させないためだ。

「がぅー」

そのとき、ガルヴがセルリスのお腹辺りに鼻を押し付けた。

「ふんっふんふんっふんふん！」

そしてものすごい勢いで匂《にお》いをかぎ始める。

セルリスは困ったような表情になった。

「ちょ、ちょっとガルヴ」

「ふんふんふんふん」

セルリスが止めても、ガルヴは匂いをかぐのをやめない。

「……あの、ロックさん。お風呂《ふろ》を借りてもいいかしら」

「もちろんだ。いちいち断らなくていいぞ」

「そういうわけにはいかないわ。シア、ニア、一緒に入りましょう」

「了解であります！」

「はい！」

そうしてセルリスたちはお風呂に向かった。

ガルヴがあまりに匂いをかぐので、自分が汗臭いと思ったのだろう。

「ここぉ！」

ゲルベルガさまが羽をバタバタさせて、セルリスの肩に飛び移る。

「ゲルベルガさまもお風呂入りたいの？」

「こぅ！」

「じゃあ、一緒に入りましょう」

いつもゲルベルガさまはルッチラと一緒にお風呂に入っている。

今日も恐らく一緒に入るのだろう。それでも隙《すき》あらばお風呂に入りたがる。

どうやら、ゲルベルガさまはお風呂に入るのが好きらしい。

「がうー」

「ガルヴも一緒に入ったらどうだ？」

「がう！」

俺が聞くと、ガルヴはまたロープを咥えて、俺の手にペシペシ当ててきた。

お風呂に入るよりも、俺と遊びたいようだ。

子狼なので、遊びたい欲が強いのかもしれない。

「仕方がないなー」

「がうがう！」

俺はまたガルヴの綱引きの相手をした。

「ガルヴも昏竜とかヴァンパイアロードとか倒しまくってたよな」

「がう？」

「もしかして強くなっているのか？」

「がう！」

ガルヴは嬉しそうに尻尾を勢いよく振った。

強くなっている自信があるのかもしれない。

「まあ、いっぱい食べて大きくなるんだぞ」

「がーう！」

俺はガルヴが飽きるまで遊び、ついでに散歩に連れていった。


ガルヴとの散歩を終えて帰ってくると、俺はそのまま厨房に向かう。

「がう？」

ガルヴはまだ遊び足りなさそうにも見えたが、俺にはやるべきことがある。

「そろそろ夜ご飯の時間だからな。準備しないと」

「がう！」

ガルヴがまた興奮状態になった。尻尾ものすごく揺れている。

今度はご飯という言葉に反応したのだろう。

「ミルカはフィリーの助手で忙しいからな」

「がーう」

ガルヴと一緒に外に出て、適当に食材を買い調理をする。

調理とはいっても、肉を焼いたり適当にスープを作ったりと簡単なものだ。

ガルヴは俺が料理している間、周囲をぐるぐる回っていた。

「がうー」

「ガルヴの分も作ってるから安心しなさい」

大体料理が終わったころ、台所に風呂上がりのセルリスが入ってきた。

肩にゲルベルガさまを乗せたニアも一緒だ。

「手伝うわ！」

「ありがとう、でも大体もう終わったからな」

徒弟《とてい》のニアが申し訳なさそうに頭を下げる。

「本来は私がやるべきでしたのに、気づかずに申し訳ありません」

「それは気にしなくていい。手の空いている者がやるべきだからな」

夕ご飯の匂いに気づいたのか、ミルカとルッチラもやってきた。

「夕食の準備してもらって、ありがとうだぞ！」

「ロックさん、ありがとうございます」

「気にしないでくれ。二人とも、フィリーの手伝いはうまくできたか？」

「うん。色々教えてもらいながらだけどな！」

「魔法とは違ったところがあって、興味深いです」

ミルカとルッチラは錬金術に興味を持ったようだ。

色々学べばいいと思う。

「じゃあ、料理を食堂に運ぶのを手伝ってくれ」

「任せておくれ」

そうしてみんなで手分けして食事を運ぶと、食堂にはすでにシアとフィリーとタマがいた。

「タマの分もあるからなー」

「わふ」

俺がそう言うと、タマは元気に尻尾を振った。

そしてみんなで夕ご飯を食べる。

「そういえば、シアたちは昨日は何をもらったんだ？」

「勲章と褒賞金であります」

昨日は王宮に狼の獣人族の族長が集まり、エリックから褒美をもらったのだ。

ちなみに俺は欠席している。目立つのはよくないからだ。

「陞爵《しょうしゃく》はさせてもらえないのか。意外とケチだな」

「爵位を上げるとなると、他の貴族との関係もあるし、そう簡単にはいかないのだろう」

フィリーが真面目《まじめ》な顔でそう言った。確かにフィリーの言うとおりかもしれない。

そうして半分ぐらいご飯を食べたころ、

「あ、ご飯を食べているのであるな！　失礼失礼！　また、夕食時に遊びに来てしまったのである！」

元気いっぱいなケーテがやってきた。ケーテは大体夕食時にやってくるのだ。

「ケーテも食べるか？」

「よ、よいのか？」

いつも食べていくのに遠慮して聞く。だから俺もいつものように言った。

「いいぞ」

「嬉しいのである！」

ケーテに食事を出すと、お礼を言って食べ始める。

「うまい、うまいのである！」

作った俺が言うのもなんだが、それほどうまくはない。

「そんなでもないだろう」

「いや、うまいのである！」

そう言われると、たとえお世辞でも嬉しいものだ。

それにケーテは食べっぷりがいいので、見ていて気持ちがいい。

「そういえば、ケーテは今日何してたんだ？」

「昏き者どもの動きがないか、水竜の集落の周囲を巡回していたのである」

本拠地をつぶした日、水竜の集落の結界は破られた。

壊された結界は俺と水竜の精鋭総出で修復し、さらに強化しておいた。

隕石《いんせき》を落とされても大丈夫なように、物理防御も強化してある。

とはいえ、まだ警戒が必要なのは確かだ。

ケーテの見回りはとてもありがたい。

「何か動きはあったか？」

「レッサーヴァンパイアとかゴブリンはいたが、それだけであるな」

「……大丈夫か？」

「何がであるか？」

「ゴブリンと人族を間違えたりしてないよな？」

「それは大丈夫である」

堂々とケーテは胸を張る。

「我は人族とゴブリンを見分けることができるようになったのだ」

「おお、それはすごい」

「ふふん。ロックたち人族と毎日会っているのである。そのぐらいはできるようになって当然である」

それはとてもいいことだ。

お肉を食べていたセルリスが言う。

「どうして、水竜の結界は破られたのかしら？」

「基本はベタな方法だ。起動前の魔装機械を中に持ち込んでってやつだな」

集落には敵の侵入を察知する魔法陣もある。

水竜たちは当然気づき、魔装機械を持ち込ませまいと抵抗を開始した。

それと同時に昏き者どもは門からも急襲をかけ、戦力を集落の中心から外周へとおびき出した。

そして、その隙に結界のコアを破壊したのだ。

「毎日襲撃をかけてきていたのは、結界のコアの位置を探るためだったんだろうな」

昏き者どもの本拠地を守る結界は、強力だが隠ぺいは不十分だった。

強力ゆえに、コアを隠す必要性を感じなかったのだろう。

だから、すぐにコアの場所がわかったし、隕石を落とすこともできた。

だが、水竜の集落の結界のコアはうまく隠ぺいされていた。

その場所を探るために何度も何度も襲撃が必要だったのだ。

「水竜の結界のコアの隠ぺいはさらに強化して、場所も変更した。そう簡単に破られることはないだろう」

「ロックさんでも難しいでありますか？」

「何の情報もなければ、俺でも難しいな。相当時間がかかる」

「それなら大丈夫でありますね」

シアはすっかり安心したようだった。

第一章

俺《おれ》たちが夜ご飯を食べ終わり、後片付けも終えたころ、エリックとゴランがやってきた。

「エリックもゴランも、夜ご飯食べたか？　まだだったら用意するぞ」

「おお、ありがたい。もらおう！」

「任せておくれ！」

ゴランがそう言うと、俺が立ち上がる前にミルカが走っていった。

「エリックはどうする？」

「気持ちはありがたいが、やめておこう。レフィがな。怒るからな」

「あぁ。そういえば、そうだな」

エリックの妻、王妃レフィはエリックの健康を心配しているのだ。

王宮と、俺の屋敷で夕ご飯を二回食べるのはさすがに食べすぎである。

俺も、レフィからエリックにやめさせるように言われていた。

「では、エリックさんにはお茶を入れますね。皆さんの分も」

今度はニアとルッチラが立ち上がってお茶を入れに行く。

「ニア、ルッチラ、ありがとう」

「いえいえー」

「お気になさらず」

「ここぅ」

そのとき、俺の懐《ふところ》に入ったままのゲルベルガさまが顔だけ出した。

それを見てエリックが笑顔になる。

「ゲルベルガさま、楽しそうなところにいらっしゃいますね」

「こ」

ゲルベルガさまは心なしかどや顔をしていた。

「エリック、王都の後始末はどうなったんだ？」

「ああ、今日の午後に王都各所の点検を近衛騎士団総出で済ませておいた」

「仕事が早いな」

「ゆっくりはできないことだからな」

実は俺たちが昏《くら》き者どもの本拠地をつぶした日。王都にも襲撃があったのだ。

水竜の集落への襲撃の規模に比べたら、小規模なものだ。

一匹のヴァンパイアロードに率いられたレッサーとアークの群れで、総数四十匹ほどだったという。

ゴランが言う。

「狼《おおかみ》の獣人族を騎士として召し抱えていなかったら、被害がどれだけ出たかわからねーな」

「ああ、エリックの施策が功を奏したな。さすがだ」

俺が褒めるとエリックは首をゆっくりと振った。

「むしろ近衛にロックとフィリーの作ってくれた魔道具を配っておいたのが大きいだろう」

そして、エリックは俺とフィリーに頭を下げる。

「ロック。フィリー。非常に助かった。王国を代表してお礼を言う」

「俺は大したことはしていない。ほとんどフィリーの手柄だ」

「……恐れ入り奉ります」

フィリーはとても恐縮していた。上級貴族としての教育を受けているので仕方がない。

「わふ」

タマも主であるフィリーの緊張が伝わったのか緊張していた。

俺はエリックに尋ねた。

「アークとロードは王都の神の加護を魔道具で突破したんだよな」

「そのとおりだ」

「魔道具の数をそろえてきやがったか。面倒だな」

「もちろん、それも看過できない。だが俺が最も危惧《きぐ》しているのは、それとは別のことだ」

そう言ったエリックは険しい表情をしていた。

俺は改めてエリックに尋ねる。

「その危惧っていうのはなんだ？」

「それを話す前に、少し、場所を移したいのだが……」

「わかった」

エリックがそう言うということは、重要な機密について話したいのだろう。

シアやフィリー、セルリスたちを信用していないというわけではない。

だが、機密は知るだけで危険になりうるのだ。

むしろエリックの配慮だろう。

そうして俺たちが移動しようと立ち上がると、

「ゴランさんはお食事中でありますからね。あたしたちが席を外すでありますよ」

「すまない。助かる」

そう言ってシアとセルリス、フィリーとタマ、それに徒弟《とてい》たちは食堂から出ていった。

「こっ」

一方、ゲルベルガさまは食堂に残った。堂々と俺の懐から顔を出している。

「がう？」

ガルヴはシアたちについていくべきか、俺のところに残るべきか悩んでいた。

「ガルヴは好きにしていいぞ」

「がう！」

俺がそう言うと、ガルヴは嬉《うれ》しそうに尻尾《しっぽ》を振り、俺の太ももにあごを乗せてきた。

シアたちがいなくなったことを確認したエリックが話し始める。

「俺が危惧していることは、敵の攻撃タイミングが合っていたことだ」

俺たちが敵の本拠地に攻め込むことを決めてから、実際に攻め込むまで時間はかけていない。

だが、そのカウンターとして、水竜の集落に苛烈《かれつ》な襲撃があった。

それだけなら、すぐ動かせる戦力を集落の近くにひそめておいたのだと推測できる。

そもそも、昏き者どもの狙《ねら》いは水竜の集落なのだ。

もともと襲撃用の戦力が控えていてもおかしくはない。

「問題は王都にも同時に攻撃があったということだ」

「それはそうだが……。やってきたのはヴァンパイアロードに率いられたアークとレッサーの部隊だったんだよな？」

ゴランが慎重に考えながら言う。

「ハイロードや昏き竜、魔装機械がいなかった分、主力じゃないのは明白だろう」

「確かにゴランの言うとおりだ。同時攻撃に必須の連絡のためには、通話の腕輪に類するものが一つあれば事足りる」

俺もゴランと同様、さほど深刻だとは思わなかった。

王都周辺にも昏き者どもがあらかじめ戦力を伏せていたとしてもおかしくはない。

俺もエリックも、ゴランも、当然敵が戦力を伏せているものと考えて動いていた。

そして奇襲するつもりならば、通話の腕輪が一つあれば実行は可能だ。

敵はこれまでに王都の神の加護を突破する魔道具をそろえてきていた。

それは最上級のレアアイテムである。

最上級のアイテムを用意しているなら店でも買える通話の腕輪ぐらい当然用意していると考えるべきだろう。

「ロックとゴランがそう思うのは当然だな。だが、そうではない」

「というと？」

俺とゴランは、エリックの説明の続きを待った。

「俺もロックやゴランと同じように当初は考えた。だが、タイミングが違う。ロックの隕石《いんせき》召喚の前に王都への襲撃は始まっていたのだ」

「む？　それは、どういうことなんだ？」

ゴランが困惑していた。だから俺が解説する。

「俺たちが攻撃を仕掛ける前に、昏き者どもが動き始めた。つまり敵は俺たちの攻撃するタイミングをあらかじめ知っていたんだろう」

俺の攻撃を受けてから、敵が動き出したのではない。

それが事実だとすると確かにおかしい。

いくら通話の腕輪があっても先手を取るのは不可能だ。

「だが、ばれるタイミングなんてなかっただろう？」

王宮内に内通者がいるのは周知の事実だ。

それについては枢密院《すうみついん》が全力で調査中だが、まだ判明していない。

だから、俺たちは「兵は拙速を尊ぶ」という方針で、急いで事を運んだのだ。

「俺たちの襲撃計画開始から、実際の襲撃までを思い出してみよう」

「そうだな」

俺たちは一生懸命思い出す。

まずセルリスたちが本拠地の情報を俺のところに持ってきてくれた。

そして、ドルゴやエリックたちに通話の腕輪で知らせて水竜の集落に集合。

大急ぎで準備をして襲撃に出発。

「情報が漏《も》れそうな部分がないな」

「……あるとしたら、元の情報を摑んだ狼の獣人族ぐらいじゃねーか？」

ゴランの意見にエリックが即座に首を振る。

「いや、それはない。ヴァンパイアは狼の獣人族の天敵だ。ヴァンパイアに内通して情報を流すなどあり得ない」

ヴァンパイアに内通するぐらいなら死を選ぶだろう。そういう者たちだ。

そのうえ、狼の獣人族たちには魅了や催眠も効かない。

「そんなことは当然俺もわかってる。内通も催眠も魅了もありえねーだろうさ。だが、情報が漏れる可能性は内通だけじゃねーだろ」

「ひょっとしてゴランは密偵の可能性を疑ってるのか？」

「ああ、そうだ」

「確かに、アークヴァンパイアより上位のヴァンパイアは姿を消せるが……。ロック、ヴァンパイアが姿を消して狼の獣人族を見張っていた可能性はあると思うか？」

「それも考えにくいな。狼の方々は鼻が利《き》く。それにヴァンパイアの幻術の類は基本的に狼の方々には効かない」

そう言うと、ゴランは首を振った。

「そうじゃない。狼の獣人族は、眷属《けんぞく》は一目で見抜けるが、魅了をかけられた者のことは見破れない」

「……確かにな」

「狼の獣人族だって、自給自足なわけではないだろう？　外部の商人と取り引きだってしているはずだ」

ゴランは外部の商人に魅了をかけられている者がいる可能性を疑っているようだ。

「だが、外部の商人に、襲撃の情報がつかめるだろうか」

「可能性は低いと俺も思う。それでもゼロじゃねーだろ」

ゴランの言うとおりではある。低いがゼロではないだろう。

エリックが言う。

「ロック。狼の獣人族の集落に行って調べてくれないか？　面倒で厄介な仕事だが……頼まれてほしい」

本当に、とてもとても面倒で嫌な仕事だ。そう思った。

正直、断りたい。

狼の獣人族は俺を信頼してくれている。

その信頼を利用して、情報収集するなど誠意に欠ける気がするのだ。

もちろん、狼の獣人族のメンバーを疑っているわけではない。

疑っているのは出入りの商人などの、狼の獣人族周辺の者たちである。

それでも、獣人族も信頼していない者を身近には寄せ付けたりはしないだろう。

つまり、俺たちは狼の獣人族が信頼している者を疑わなければならないということだ。

「……わかった。情報収集は苦手だがやってみよう」

「すまない」

「いや、いいさ」

もし、狼の獣人族の周辺に怪しい者がいるならば、看過できないのも事実。

他に適した人物はいない。俺がやるしかない。

「みんなやるべきことをやっているんだ。俺もやるべきことをやるだけだ」

敵の本拠地の後始末などは狼の獣人族と、冒険者ギルドが手分けしてやっている。

枢密院も全力で調査を続けている。近衛騎士団もそうだろう。

天才錬金術士であるフィリーも枢密院からの調査依頼で忙しそうだ。

フィリーの元には枢密院で調査しきれなかった戦利品が全部運び込まれるのだ。

徒弟のミルカとルッチラもフィリーの手伝いを頑張っている。

ならば、俺もできることをするべきだろう。

エリックが言う。

「シアやニアには、言わない方がいいだろうな」

「ああ、却って気を使わせることになるだろう。俺だけ知っていればいい」

ゴランが真剣な表情になった。

「わかっていると思うが、セルリスには言うなよ？」

「……ああ、わかっている」

セルリスは明らかに隠し事が苦手そうだ。

口が軽いとかじゃなくて、挙動がおかしくなってばれるタイプだ。

「コッココ」

ゲルベルガさまが少し緊張していた。

俺の懐の中で、ふるふるしている。

まるで自分から情報が漏れないか心配しているかのようだ。

「ゲルベルガさまは、気にしなくていいよ」

「こぅ」

俺が優しく撫《な》でると、ゲルベルガさまは小さく鳴いた。

ゲルベルガさまは人族の言葉を話せないので、ばれようがない。

「……がぁーう」

一方、ガルヴは大きなあくびをしていた。

ちらりと見ると、「お話し終わった？」と言わんばかりに口を舐《な》めてくる。

舐めさせながら、ガルヴに言う。

「まだ、お話し中だぞ」

「……がう」

ガルヴはつまらなそうにした。舐めるのをやめて、あごを俺の太ももに乗せる。

仕方ないので、頭を撫でてやった。

「そういえば、エリック。狼の獣人族は部族ごとに分かれて暮らしているんだよな」

「そのはずだ」

「シアたちの部族なら、簡単に遊びに行けるが、それ以外となると何か口実が必要だな」

「……そうだな。ひとつ考えてみよう」

「いや、少し待て」

「む？」

嫌な予感がした。

エリックが何か考えたら、よくないことを思いつきそうだ。

たとえばまた、そのための新しい役職を作ったりしかねない。

「俺が考えるから、エリックは気にしないでくれ」

「そうか？　遠慮しなくていいんだぞ」

「いや、本当に大丈夫だ」

口実なんて、俺が適当に考えればいいだろう。

その夜はエリック以外みんな、俺の家に泊まっていった。

早朝、ゴランが帰ってから、俺はシアに言う。

「シアの部族に挨拶《あいさつ》に行ったら迷惑だろうか？」

「迷惑なんてことはまったくないでありますが……。突然どうしたでありますか？」

「いや、ダントンにはお世話になっているから、一度挨拶に行くべきかと思ってな」

「それはまったく気にしなくていいであります。むしろお世話になっているのは我々でありますから」

シアには予想通り遠慮された。

「まあ、それだけではないんだ。これから昏き者どもとの戦闘が激しくなるかもしれないだろう？」

「そうでありますな」

「だから情報連絡を密にしておきたい。そのためには一度出向いた方がいいだろう。転移魔法陣も配置しておきたいぐらいだ」

「なるほどであります。そういうことなら、いつでも遊びに来てほしいであります」

「助かる。ニアも行くだろう？」

「はい。お供いたします！」

セルリスもぴょんぴょん跳びはねながら手を上げる。

「わたしも！　わたしも行きたいわ！」

「がうっ！　がうっ！」

ガルヴもセルリスと一緒に跳びはねていた。セルリスを見て楽しい気持ちになったのだろう。

「………」

その横ではタマがきれいなお座りの姿勢を維持していた。

ガルヴにはタマの落ち着きを見習ってほしい。

だが子狼《こおおかみ》のガルヴには難しいことかもしれない。

「コッコッ！　コココケ」

ルッチラのひざの上にいた、ゲルベルガさまが元気に鳴く。

そしてパタパタ飛んで俺の肩にとまった。

「ゲルベルガさまも一緒に来たいのか？」

「ここぅ」

一緒に来たそうな鳴き方な気がした。

「俺が留守にしている間、王宮に保護してもらおうと思っていたのだが……」

「こっこ！」

ゲルベルガさまは甘えるように俺の顔に体を押し付ける。

俺と一緒に行きたいらしい。

「じゃあ、ゲルベルガさまも一緒に行こうか」

「こっ！」

「そういうことなら、ぼくもご一緒しましょう！」

ルッチラもついてくることになった。

その後、シアを通してダントンに連絡してもらい、次の日に出向くことになった。

出向くとなれば、準備がいる。

水竜の集落にも、駆け付けるまでに時間がかかるようになることを報告しなければならない。

本拠地を叩《たた》いたばかりで、襲撃はおさまっているとはいえ、油断はできないのだ。

いつもの朝のガルヴの散歩が終わった際、俺は王太女リーアと侍従長モーリスに告げた。

「リーアも行きたいの」

「それはなりませぬ。リーアさまは水竜集落の精神的支柱でありますゆえ」

はしゃいで手を挙げたリーアはすぐにモーリスに窘《たしな》められていた。

襲撃はおさまっているが、まだまだ、緊張感が漂っているのだ。

そのうえリーアが不在となれば水竜たちが不安になる。

「それはそうかもしれないけど……。仕方ないのね。じゃあ、お土産を持っていってほしいの」

そう言って、リーアはお土産をくれた。

水竜の美味《おい》しい水だ。

飲んでみたが本当に美味しかった。身体にもいいらしい。

非常に重いが、魔法の鞄《かばん》があるので何とでもなる。

「ダントンさん、お怪我《けが》されてるみたいだったし。これを飲むといいと思うの」

「ありがとう。きっと喜ぶと思うぞ」

リーアは他にも水竜の集落のほとりにある湖で捕れた魚などをくれた。

「ラック。戻ってきたら絶対すぐ遊びに来てね」

「わかってるさ。すぐ来るよ。それに狼の獣人族の集落は王都から二時間程度だからな。大変なことがあったら言ってくれ。すぐに向かう」

「うん。頼りにしているの」

その後水竜たちに見送られて、俺たちは屋敷に戻った。

シアとセルリスは庭で訓練をしているようだった。

ニア、ミルカ、ルッチラはフィリーとお勉強をしている。

「さて、ガルヴ。今のうちに俺たちのお土産を買いに行こう」

「がうがう」

「散歩したばかりなのに元気だな」

そうして俺とガルヴが屋敷を出ようとしたとき、

「待つのである！」

魔法陣部屋からケーテが飛び出してきた。

「がうっ！」

ガルヴはケーテを見て大喜びだ。

俺とケーテには飛びついてよいと教えているので、大はしゃぎする。

ガルヴはケーテの肩に両前足を置いて、顔をベロベロ舐めた。

「よーしよしよしよし」

ケーテもそんなガルヴを撫でまくる。

「ところでどうしたんだ？　ケーテ。そんなに慌てて」

「リーアに聞いたのである。シアたちの実家に遊びに行くそうではないか！」

「ん？　まあ、そうだが……」

遊びではないのだが、説明が面倒なのでそういうことにしておこう。

「折角《せっかく》だし我も行くのであるぞ」

「仕事はいいのか？」

「よいのである。それに我の背中に乗っていった方が早いのである」

「それは確かにそうだな」

徒歩では二時間ほどかかるが、ケーテに乗れば数分だろう。

もし水竜の集落に何かあった場合、ケーテがいればすぐ戻れる。とても安心だ。

「では、早速シアの実家に行くのであるな？」

「行くのは明日だ。今は明日のためにお土産を買いに行くところだ」

「なるほど！　土産であるな！　我も行こう」

「じゃあ、一緒に行くか」

そして俺とガルヴとケーテは一緒に屋敷を出た。

特訓の邪魔をしては悪いのでシアたちのいない裏口を使う。

「お土産には何がよいのであろうか？　ロックは何をお土産にするのであるか？」

「うーん。適当に菓子折りとか？」

「ふむ。シアの一族は何人いるのであるかな？　お菓子を食べられない者がいたらかわいそうではないか？」

「そういえば、聞いてないいな。多めに買っていけばいいだろう」

そんなことを話しながら、商業街につく。

俺が菓子折りを選んでいると、いつの間にかにケーテはいなくなっていた。

どこかに何かを買いに行ったのだろう。

「恐らくシアやニアと食事の好みは一緒だと思うんだよな」

「がう」

「だからシアたちが好きそうな菓子折りをたくさん買っていこう」

俺はお菓子を大量に買い込んで、魔法の鞄に入れていく。

そこにケーテが戻ってきた。

「ロック、待たせたのである」

「何か買ったのか？　ちゃんと、お金払ったか？」

「当たり前であるぞ。我はしっかり勉強しているのである」

もはや無銭飲食していたころのケーテではないようだ。

「で、何を買ったんだ?」

「ふふん、見るがよい。我のお土産はこれであるぞ」

そう言ってケーテが魔法の鞄から取り出して見せてくれたのは、大きな石だった。

大体、人の身長の一・二倍ぐらいある。

「え? それは何だ?」

「これはただの石の塊である。我はこれを彫って像を作ろうと思っているのである」

「……へー」

お手製の彫刻。それは喜ばれるのだろうか。

そもそも、ケーテは彫刻が得意なタイプには見えない。

「いや、ケーテが作った物なら、嬉しいのかな?」

風竜王のお手製なら、できはどうあれ嬉しいかもしれない。

美術的価値はともかく、将来的に歴史的価値は出そうだ。

「ふふん。期待しておくのである」

「それは楽しみだが……。明日出発だけど、間に合うのか?」

「なんとかなるであろ!」

ケーテはとても楽観的だ。もし完成できなくても、後で届ければいいだろう。

とりあえず、ご機嫌なケーテとガルヴを連れて、俺は今日のご飯を買いに行くことにした。

第二章

次の日、俺《おれ》たちはシアたちの実家に向けて出発することになった。

屋敷から出るとき、フィリーとミルカ、エリック、ゴラン、ドルゴが見送ってくれた。

「まあ、ロックがいるなら安心だろうが、油断するんじゃねーぞ」

「任せろ」

「ロック。ダントンによろしく伝えてくれ」

「わかった。それより、エリック、ゴラン。フィリーとミルカを頼む」

「それは任せてくれ。注意しておこう」

俺の屋敷と王宮は秘密通路を使えばものすごく近い。

エリックが注意していてくれるなら安心だ。

フィリーとミルカの二人にも通話の腕輪を渡しておく。

「もし何かあったら、これで俺を呼びなさい」

「わかっているのだ」

「わかったんだぞ！」

「結構、気軽に呼んでいい。この程度で呼んだら迷惑なんじゃないかって遠慮して大変なことになる方が面倒だからな」

「うん。わかった！」

「迷ったら呼びなさい」

「大丈夫。わかっているのだ」

「タマも頼むぞ」

「わふ！」

こういうときタマは頼りになる。

俺はドルゴにも言う。

「フィリーたちをよろしくお願いいたします」

「気を付けておきましょう。ロックさんも……うちの娘をよろしくお願いいたします」

「むしろ、我はお世話する側なのである」

「どの口で言うか」

ケーテが自信満々でそう言って、ドルゴに突っ込まれていた。


その後、俺たちは徒歩で王都の外へと向かった。

大所帯なので王都の衛兵に少し驚かれたが、すんなり外に出られた。

さらにしばらく歩いて、王都から距離をとる。

そこでやっとケーテが本来の竜の姿に戻るのだ。

「よいしょ、よいしょ」

「ちょっ、ケーテさん何をしているの⁉」

「ひゃぁああ⁉」

突然ケーテが服を脱ぎだし、セルリスとルッチラが顔を真っ赤《まっか》にした。

「ロ、ロックさん、早く後ろを向いて！」

「お、おう。わかった」

「が、がう」

俺がケーテに背を向けると、ガルヴも一緒に背を向けた。

冒険者は基本的に裸を見慣れている。

着替えや入浴を男女別で行う余裕がないことの方が多いためである。

Bランク冒険者のシアは平然としていた。ニアもまた平気なようだ。

二人は冒険者ばかりの狼《おおかみ》の獣人族で育ったので慣れているのかもしれない。

「む？　セルリス、そんなに慌てて、どうしたのであるか？」

ケーテはきょとんとしていた。

「お、男の人の前で裸になるなんて！　ハレンチだわ！」

「そんなものであるかー。人族は大変なのだなー」

「ケーテも今は人族の格好なのだから気を付けないとだめよ！」

「うむ。わかった」

ケーテは素直なので納得したようだ。

しばらくして、ケーテは竜に戻った。

「ロックさん、いいわよ」

「ほいほい」「がーう」

セルリスの合図で俺とガルヴは振り返る。

すると、なぜかケーテは顔を両手で隠していた。

「て、照れるのである」

「竜の姿の方が恥ずかしいのか」

「だ、だって裸なのである」

「というか、もう何度も見た気がするが」

「意識したら恥ずかしくなったのだ」

「……そうなのか」

竜の感覚はよくわからない。きっとすぐに慣れるだろう。

それから、俺たちはケーテの背に乗せてもらう。

シアとニア、そしてガルヴとゲルベルガさまはケーテの背の上は初めてではない。

シアとニアは少し緊張しながらも、背に上がる。ガルヴも器用に素早く上った。

「ルッチラとセルリスは初めてだったな」

「は、はい」

「そうね」

「背に上がるのが大変そうなら、手を貸そう」

「私は大丈夫よ！」

セルリスはぴょんぴょんと跳びはねて、器用に上がる。

さすがは毎日鍛えているだけのことはある。

「ルッチラは大変だよな」

「すみません」

俺はルッチラを横抱きにして、ゲルベルガさまを肩に乗せて、ケーテの背に乗った。

「さて、みんな乗ったのであるな。飛ぶから、鱗《うろこ》にしっかりつかまっておるがよいのである」

ケーテは、そう言うといつもよりゆっくり飛び上がる。

初めてのルッチラやセルリスに気を使っているのだろう。

そして、徐々に速さを増しながら飛んだ。

「ひいい」

ルッチラは怯《おび》えた様子で、俺の腕にしがみつく。

セルリスも顔を引きつらせながらも鱗にしがみついていた。

シアとニアも少し緊張しているようだった。

「ケーテ、場所はわかるのか？」

「もちろんである。地図で教えてもらっているのである」

ケーテ基準でゆっくり飛んで、二十分ほど経《た》ったとき、たくさんの人が見えた。

全部で五百人ぐらいいそうだ。

老人や子供もいる。集まっているのは戦士だけではないようだ。

「あれって……」

「狼の獣人族でありますよ」

「シアの部族ってあんなに多いのか？」

「いえ、うちの部族は全部で百人ぐらいでありますから……。近くからも集まってきているみたいであります ね」

「みなさんを歓迎しているのだと思います！」

シアとニアは笑顔だった。

「着陸するのである！」

そう言って、ケーテはゆっくりと降りていく。

たくさんの人の先頭ではダントンが、笑顔で手を振っていた。

着陸したケーテの背からみんなで降りると、ダントンが駆け寄ってくる。

「よくぞ来てくれた！」

「急に会いに来てすまない」

「気にしないでくれ！　ロックならいつ来てくれても嬉《うれ》しい。皆もよく来てくれた」

ダントンと俺はフランクに語り合える間柄なのだ。

そして狼の獣人族の大人たちが次々に挨拶《あいさつ》しに来てくれる。

全員ではないが、有力者らしき者たちは全員自己紹介してくれた。

最後になって、一人の女性が近づいてきて頭を下げる。

「いつも娘がお世話になっております。ニアの血縁上の母です」

「あっ、こちらこそいつもお世話になっております」

俺はニアたちの母親のことは全然知らなかった。

会話にまったく上らないので、勝手にいないと思い込んでいたところもある。

「母上がいらっしゃるなら、もっと早く教えてくれればご挨拶に……」

「ニアは父の子でありますからね」

「そうなのです。私の親は父ですから」

「ふむ？　つまり、どういうことだ？」

俺の疑問に対して、シアとニアが説明してくれる。

狼の獣人族の間には基本的に結婚はなく、片方が親となるようだ。

子が生まれると、五歳ぐらいでどちらの子供とするか決めるらしい。

母の子とすることの方が多いが、たまに父の子にすることもある。

「一般的に子供はたくさん生まれるでありますからね」

母の子、血縁上のニアの兄弟姉妹《しまい》もいるとのことだ。

母の子の血縁上の父親はダントンだったり、そうじゃなかったりするらしい。

「そうなのか。俺たちの風習とは少し違うんだな」

「そうでありますねー」

狼の獣人族の風習は、一般的なただの人族とは異なるようだ。

そして、ニアの母は別の部族の族長でもあるとのことだ。

「ニアの母上ってことは、シアの血縁上の母上はまた別なのか？」

「そうでありますよ。結構前にヴァンパイアとの戦いで死んでしまったでありますが」

「そうなのか。変なこと聞いてすまない」

「気にしないでほしいであります」

シアはそう言って微笑《ほほえ》んだ。

傍らでは俺たちの話をセルリスとルッチラが真面目《まじめ》な表情で聞いていた。

「知らなかったわ。だいぶ私たちとは制度が違うのね」

「うちの部族もそんな感じです」

ゲルベルガさまを抱いたままのルッチラがそう言った。

ちなみにルッチラはただの人族ではなく魔族である。

「え？　そうなの？」

「そうですよ」

「ここぅ」

ゲルベルガさまもルッチラに同意するようにうんうんうなずいていた。

結婚して二人で子供を育てるというのは、ただの人族にとって一般的なだけなのかもしれない。

「ところで、風竜族のそういう制度はどうなんだ？」

俺は気になったのでケーテに尋ねる。

「結婚制度はないが、生まれた子は両親の子であるぞ。ただ我らは卵から生まれるゆえな。父母の役割の差が少ないのだ」

そう教えてくれたケーテはまったくこっちを見ずに子供たちと遊んでいる。

ケーテの周りには狼の獣人族の子供がたくさん集まっていた。

怯《おび》える様子もなく嬉しそうにケーテにしがみついたり匂《にお》いをかいだりしている。

子供たちに人気なことが、ケーテもすごく嬉しいようだ。

「待て待て、慌てるでないのである。尻尾《しっぽ》は一本しかないのだ」

「きゃっきゃ！」

すごく楽しそうだが、本来の姿のままだと屋敷にも入れない。

「ケーテ、そろそろ人の形になったらどうかな？」

「おお、ロックの言うとおりであるな。子供たち、待っているがよい。ちょっと変身してくるのだ」

「変身？　すげー」「ケーテさんすげー」

子供たちの期待を受けて、ケーテは近くの森の中へと走っていった。

男の前で裸になるなと言われたのを気にしたのだろう。

ケーテが走り去ると、子供たちの興味はガルヴに移る。

「でっかいなー」

「がう」

「霊獣さんだね！　お名前なんて言うの？」

「ガルヴだぞ」

「ガルヴーいい子だねー」

「がーう」

子供たちに撫《な》でられ、ガルヴはご機嫌だ。

子供たちと互いに匂いをかぎあい、顔を舐《な》めあったりしている。

そこにケーテが戻ってきた。意外と早かった。急いだのだろう。

「子供たち、待たせたのである！」

「…………」

だが、子供たちは人型状態のケーテを見て首をかしげた。

今のケーテの姿は期待とは違ったようだ。

「む？　ケーテであるぞ！」

「う、うーん。ケーテ姉ちゃん、かっこいいと思う」

「そうだね、かっこいいと思う」

ケーテは子供たちに気を使われていた。子供たちはガルヴの周りから動かない。

かわいそうなので慰めておく。

「まあ、気を落とすな。インパクトが違うから仕方ないぞ」

「……そうであるな」

そんな様子を見ていたダントンが言う。

「立ち話もなんですし、皆さん、我が家においでください」

「ありがとうございます」

俺たちはダントンの家に案内してもらった。

かなり大きな屋敷だった。

「立派なお屋敷なのね」

「族長でありますからねー」

シアが言うには、族長の屋敷は縄張りの中心にあるのだという。

会議などを開く必要があるので、かなり大きい。

そして、ヴァンパイアとの戦いの際には砦《とりで》となる。

だから、しっかりとした石づくりの建物なのだ。

「おお、これは戦いやすそうだな」

「さすがは、ロック。やはりわかるか？」

屋敷のまわりには、ところどころに水が流れていた。

ヴァンパイアが流れる水を越えられないというのは迷信だ。

だが、流れる水を嫌うのは事実なのだ。一瞬動きが鈍くなる。

屋敷は日光が入りやすい構造にもなっていた。

もちろん日の光を浴びた程度ではヴァンパイアは死なない。

だが、ヴァンパイアが日光を嫌うのも確かなのだ。

生死を分ける戦いの際、一瞬動きが鈍くなるだけでも、大きく有利になる。

「ああ、ヴァンパイアの特性をよく考えている。参考にさせてもらおう」

「そうしてくれ！」

ダントンはとても嬉しそうだ。

シアが笑いながら言う。

「実際に屋敷がヴァンパイアの戦いの場になったことはないでありますけどね」

「その方がいい」

俺がそう言うと、ダントンがうなずく。

「狼の獣人族の族長の屋敷にまで侵入されるってときはかなりやばい状況だからな」

「そうならないために頑張らないとですね！」

ニアも笑顔でそう言った。

「あ、そうだ。お土産を渡すのを忘れていた」

「おお、気にしなくていいのに」

俺は遠慮するダントンにお土産を渡す。

「つまらないものなのだが……。量だけはたくさん用意した」

「こ、これは！　王都の有名店の菓子じゃないか！　ありがたい！」

「わぁ！」「やったー」

ダントンと屋敷にいた子供たちが大喜びしてくれた。

ただのお菓子なのに、これほど喜んでもらえるとは。

持ってきた甲斐《かい》があるというものだ。

ところで、この子供たちは誰《だれ》だろうか。シアとニアの弟妹だろうか。

ふと疑問に思っていると、ダントンが教えてくれた。

「こいつらは俺の子供ってわけではないが、うちの屋敷で育てている一族の子供たちだ」

「そうなのか。徒弟《とてい》みたいなものか？」

「それに近いな。狼の獣人族は、子供を一族で育てるのが基本だからな」

そんなことを話していると、ケーテが前に出る。

「我からもお土産があるのである」

「陛下、そんなお気を使わないでください」

ダントンは恐縮する。ケーテは風竜王なので、とても偉いのだ。

「せっかくだから、受け取ってほしいのである」

そう言って、ケーテは魔法の鞄《かばん》から謎《なぞ》の石像を取り出した。

昨日、あれから彫刻したのだろう。非常にクオリティが高かった。

ケーテは彫刻が得意なようだ。ものすごい美男子の像だ。

だが、誰の石像かわからない。あえていうならエリックに少し似ている。

「こ、これは！　ありがとうございます！　一族の宝にいたします」

「ココッ！　ココゥ！」

ダントンはものすごく喜んでいる。なぜかゲルベルガさまも興奮していた。

ケーテは満足げにうなずく。

「うむうむ。喜んでもらえて嬉しいのである」

「ケーテ、ところで、何の像なんだ？」

「む？　見てわかるであろう？　もちろん英雄ラックの像である」

どや顔でケーテは言う。

改めて像を見ると、王都の中央広場にある石像よりイケメンだ。

「……さすがに似てなくないか？」

「む？　そんなことないのである。我の自信作であるぞ？」

「コウ！　ココゥ！」

ゲルベルガさまは、ルッチラに抱えられたまま嬉しそうに羽をバタバタさせていた。

ケーテはやっと人とゴブリンの区別がつくようになったばかりだ。

実像とかけ離れた像を作ったとしても仕方がないのかもしれない。

「すげー」「かっこいい！」

「ケーテねーちゃん、すごいね！」

「うん、すごいねー。ケーテさん上手だね」

狼獣人の子供たちも喜んでいる。ニアも嬉しそうに子供たちの頭を撫でた。

「まあ、いいか」

この像を見て、俺と同一人物だと気づく者はいないだろう。

一応、俺は正体を隠している。

だから、実像とかけ離れているぐらいでちょうどいいのかもしれない。

気を取り直して、俺は最も重要なお土産をダントンに渡す。

「それと、これは水竜のリーア王太女殿下からだ」

「なんと！　殿下から？」

「水竜の里の水だそうだ。怪我《けが》にいいらしいので飲むといい。それに水竜の里で捕れた魚もいただいた」

「これはありがたい！　頂戴《ちょうだい》しよう。……頼む。丁重に運んでくれ」

「かしこまりました」

若い男の獣人がたくさんの魚と、水の入った壺《つぼ》を台所へと運んでいった。

「ぼくも手伝うよー」「うんうん！」

獣人の子供たちが男の手伝いをして一緒に運ぶ。

「父ちゃん、よかったでありますねー」

「リーアちゃんにお礼言わないとね！」

「ああ、というか、ニア、殿下のことを、ちゃん付けで呼んでいるのか？」

「うん、友達だから」

「そうか……。そういうものなのか」

そして、ダントンは俺の方を見る。

「ニアはこう言っているが……本当に大丈夫だろうか？　無礼ではないか？」

「リーア自身が喜んでいるからいいだろう。むしろニアから殿下とか呼ばれたらリーアは悲しむぞ」

「それならいいのだが……。我が娘ながら、殿下と友達になるとは……。恐れを知らないというか何というか」

それを聞いていたシアが呆《あき》れたように言う。

「父ちゃんは何を言っているでありますか。ニアはロックさんの徒弟でありますよ」

「……確かにロックの徒弟と考えたら、殿下と友達になっていても違和感がないな」

ダントンはなぜか納得したようだった。


それから俺たちは部屋へと案内してもらった。

ダントンの家にはたくさん若い衆がいるようで、荷物などを全部運んでくれる。

部屋に荷物を置いた後、応接室へと向かった。

そこには、狼の獣人族の族長たちが勢ぞろいしていた。

「もしかして今日は会議だったのか？」

そうだったのなら、申し訳ないことをした。

忙しいときにお邪魔してしまったのなら、挨拶だけして部屋に戻った方がいいだろう。

「いやいや、違うぞ。ロックが遊びに来るって聞いて集まっただけだ」

そう言って、ダントンは笑う。

族長たちは立ち上がり、俺たちの前に集まった。

それを見て俺は頭を下げた。

「先日はどうもありがとうございました」

「ロックさんにご来訪いただき、感謝の念に堪えません」

族長たちは本当に嬉しそうに微笑んだ。

最年長の族長がケーテにも気づく。

「こ、これは風竜王陛下！　ロックどのだけではなく、陛下にもご来臨たまわり光栄の至りでございます」

それを聞いて、他の族長たちもケーテに気づいた。

慌てた様子でひざをついて、頭を下げる。

「そう畏《かしこ》まらなくてもよいのである！　今日は遊びに来ただけであるから、普通に接してほしいのだ！」

「いえ、そういうわけには……」

「我は今日羽を伸ばしに来たのである。畏まられては逆に困ってしまうのだ」

俺も一応フォローしておく。

「風竜王陛下は連日の激務でお疲れですから、肩の力を抜きたいと仰せなのですよ」

ケーテは毎日激務というほどではないはずだが、激務ということにしておこう。

ケーテはうんうんとうなずいた。

「我は激務ゆえなー」

「そういうことでしたら……」

やっと族長たちがまた立ち上がる。

ケーテは畏まられるのはあまり好きではないので、嬉しそうだった。


その後、族長たちが歓迎の宴会を開いてくれた。

その際に、狼の獣人族について、俺は尋ねた。

「狼の獣人族にはどのくらいの部族数があるんですか？」

「大きく分けて十二になります」

答えてくれたのは年長の族長だ。

「大きく分けてというのは？」

「少しややこしいのですが、十二以外に例外的な小さな部族もあるのです」

とにかくこの辺りの狼の獣人族は基本的に十二部族の一員であるらしい。

「最近の例外はシア・ウルコットですね」

「シアが？」

とても意外だ。シアはダントンの部族の一員のはずだ。

俺は末席の方に座っているシアをちらりと見た。

シアは周囲の族長たちとにこやかに話している。

「シアは何か問題でも起こしたのでしょうか？」

「いいえ、そういうことではありません」

俺がこちらに帰ってきて最初のハイロード討伐《とうばつ》の際。

十二部族の族長はそれぞれ騎士の爵位を与えられた。

そして、シアもまた、特別にダントンとは別に騎士の爵位を与えられている。

「それゆえ、シア・ウルコットは一人ながら、族長として扱われているのです」

「なるほど……そういうシステムなのですね」

とはいえ、シアはダントンの一族に所属してもいるらしい。

つまりダントン一族には族長待遇が二人いるということになる。

分家の当主みたいなものなのだろうか。

俺の隣に座っていたセルリスが真面目な顔で言う。

「シアも大変なのね」

「そうだな。族長だから責任も大きそうだ」

「族長の責務。大変そうです」

シアと同じく、一人族長になる予定のルッチラも言う。

ルッチラは正式に継承はしていないが、一族の唯一の生き残りなので族長になる予定だ。

ゆえに、色々と思うところがあるのだろう。

宴会ではセルリスとルッチラは客人なので、俺やケーテと一緒に上座の方に座っていた。

当然ゲルベルガさまは神さまなので、上座である。

ガルヴも客人として扱われている。狼の獣人族にとって特別な狼の霊獣だからだ。


宴会が終わると、セルリスとルッチラ、ケーテはシアたちのところに行った。

族長たちに接待されているより、親しい者同士で話したいのだろう。

俺もゲルベルガさまとガルヴと遊ぼうとしていたら、年長の族長から呼び止められた。

「ロックさん、少しよろしいですか？」

「どうされました？」

「実は……ご相談があるのです」

「わかりました」

俺と年長の族長、そしてゲルベルガさまとガルヴは別室に移動する。

部屋の中では、シアたちの父であるダントンが待っていた。

「ロック、折角寛《せっかくくつろ》いでいたところ、すまないな」

「いや気にしないでくれ。ガルヴとゲルベルガさまと遊ぼうと思っていただけだからな」

「ははは」

年長の族長は笑った。俺の言葉を冗談だと思ったのだろう。

俺が椅子《いす》に座ると、

「こ」

ゲルベルガさまは俺のひざの上にちょこんと乗った。ガルヴも俺のひざにあごを乗せた。

ゲルベルガさまとガルヴを撫でながら、俺は尋ねる。

「それで、相談とはいったい？」

俺がそう言うと、ダントンと年長の族長は互いに顔を見合わせた。

それからダントンが語り始めた。

「ロック。身内の恥をさらすようなのだが……。我らから情報が漏《も》れている恐れがあるんだ」

「…………ほう」

エリックも同じ可能性を指摘していた。

ダントンたちも、狼の獣人族から情報が漏れている可能性に気が付いていたようだ。

年長の族長が言う。

「もちろん我らから内通者が出るとは考えたくはありません」

「つまり、出入りの業者などを疑っているということですか？」

「さすがはロックさんです。まったくもってその通りです」

別に俺はすごくはない。

エリックやゴランが言っていたことをそのまま伝えただけだ。

「我らはヴァンパイアそのものや眷属《けんぞく》は一目でわかります。ですが魅了にかけられた者は区別できないのです」

「なるほど。私に相談するということは、魅了にかけられた者がいないか調べてほしいということですね？」

「いえ！　とんでもないです。偉大なる英雄にそのような雑事を頼むわけには参りません！」

少し笑って、ダントンが言う。

「ロック、違うんだ。俺たちは魔導士に詳しくない。だから信用できる魔導士を紹介してほしいと思ったんだ」

「そうか。そういうことなら、やっぱり俺がやろう」

俺がそう言うと、年長の族長とダントンは少し驚いた。

年長の族長が慌てた様子で言う。

「そんな！　ロックさんにそのような些事をさせるわけには……」

「いえいえ、気にしないでください。このようなことは知っている者が少ない方がいいですから」

「確かに、それはそうですが……」

真剣な表情でダントンが言う。

「本当にいいのか？」

「構わない。今は俺のできる仕事が少ないからちょうどいい」

「それなら、頼む」

「任せてほしい」

俺が引き受けると決まったので、早速段取りを相談することにする。

そのためには必要なことを聞かなければならない。

「出入りの行商人はどのくらいいるのか教えてほしい」

「そうだな。狼の獣人族全体では五十ぐらいだろうか」

「結構いるんだな」

「部族数も十二あるからな」

この場所に定期的に商売に来る行商人の組織だけで五十はあるらしい。

狼の獣人族はヴァンパイア狩りで生計を立てている。

農業や牧畜などはしていないので、食料はほぼすべて商人から購入しているのだ。

「内通者がいるかもしれないということは他の族長も知っているのか?」

「もちろんだ」

「では、出入りの業者がいつどこに来るのか俺に教えてくれ。事前にその場に向かっておこう」

「ありがたい。だがなるべくなら、業者には気づかれないように調べてほしいのだが……」

それは少し大変だ。

魅了をかけられた者を判別するには見るだけでは駄目なのだ。

魔力探知《マジック・サーチ》ではなく、魔力探査《マジック・エクスプロレーション》をかける必要がある。

手を触れずに、しかも気づかれずに魔力探査を行うことは不可能ではないが難しい。

「手を触れるとなると、気づかれる可能性も高いからな……」

「そうか……」

「ケーテに協力を頼んでもいいだろうか？」

「風竜王に？」

「ああ。機密を明かすことになるが……構わないかな？」

ダントンと年長の族長は互いに顔を見合わせる。

そして、年長の族長が口を開いた。

「機密はまったく構わないのですが、風竜王陛下のお手を煩《わずら》わせるなど畏《おそ》れ多《おお》いことです」

「機密を明かすことは問題ないんですね」

「それは、もちろんです」

「それなら問題ありません」

ダントンが少し心配そうに言う。

「本当にいいのだろうか？」

「気にするな。ケーテも迷惑なら断るだろう。ちょっとケーテを呼んでこよう」

俺は部屋を出て、ケーテを探した。

「がっはっは！　ほれほれー」

「きゃっきゃ」『わーい」

別の部屋からケーテと子供たちの楽しそうな声が聞こえてくる。

声のする方に行くとケーテがシア、ニア、セルリス、ルッチラたちと一緒にいた。

ケーテは子供たちに囲まれている。

ケーテの立派で太い尻尾に子供たちがぶら下がって遊んでいた。

ケーテもご機嫌に尻尾を上下左右に動かしていた。

すごく楽しそうなので、邪魔するのは少し気が引ける。

「ケーテ、少しいいか?」

「む? わかったのである。子供たちよ、また後で遊ぼうではないか」

「うん、ありがとー」『またね!」

ケーテはお礼を言う子供たちの頭をわしわし撫でていった。

子供たちと遊べて嬉しそうだ。

ケーテから離れた子供たちをセルリスが呼ぶ。

「じゃあ、今度はおねえちゃんと遊びましょうねー」

「うん!」『きゃっきゃ」

そして子供たちと遊び始めた。セルリスは子供が好きなのだろう。

「で、ロック、どうしたのであるか?」

「少しケーテに頼みたいことがあってな」

「ふむ?」

「こっちに来てくれ」

そう言って、ダントンたちの待つ部屋へと連れていく。

「頼みたいこととは何であるか?」

「ああ。それはだな……」

俺は狼の獣人族から情報が漏れているらしいという話をケーテにした。

ケーテは真剣な表情で聞いていた。

「それは大変なことであるなー」

「それで、ケーテに頼みたいことというのはだな」

「うむ。他の部族の住処《すみか》に飛んで移動するのであるな?」

「それもあるんだが……」

「ほかにもあるのであるか?」

「ああ。魔道具作りを手伝ってもらいたいんだ」

風竜族は、魔法文化的に錬金術に秀でている。

そして錬金術は魔道具作りとも密接な関係があるのだ。

「それは構わぬのだが……。どんな魔道具であるか?」

「魔力探査を行うゲートを作りたいんだ」

作りたいのは門の下を通れば自動的に魔力探査を行う魔道具だ。

魅了にかけられている者がいれば反応するようにしたい。

「それは難しい気がするのである」

「水竜たちにも頼もうと思う」

「それならできるかもしれないのである」

水竜は魔法文化的に結界術に秀でている。

昏《くら》き者どもを弾《はじ》く結界。それを元に改造すれば魔力探査のゲートも作れそうだ。

風竜の錬金術と、水竜の結界術。それに俺の魔法を加えれば作れるだろう。

「リーアは集落を離れられないが、俺が出向いて教えを請《こ》おうと思ってな」

「うむ。それなら安心である。我も父ちゃんに言って協力してもらうことにするのだ」

「悪いな。とても助かる」

「フィリーにも協力してもらえたら、助かるのであるが……」

「フィリーは今めちゃくちゃ忙しいからな」

「それもそうであるな」

フィリーは枢密院《すうみついん》から依頼された調査を全力で進めている最中だ。

あまり無理はさせられない。

「じゃあ、すぐに我がリーアのところに行ってくるのである！　アポイントを取らないとだからな！」

「頼む」

「任せるのである！」

ケーテはすごく張り切っていた。

「善は急げというのである」

そう言って立ち上がると、走り出す。その尻尾は上下に楽しそうに揺れていた。

夜だというのに、水竜の集落に向かおうとしてくれているのだろう。

「ケーテ！　ちょっと待ってくれ」

「む？　どうしたのであるか？」

慌てて呼び止めると、ケーテは振り返ってきょとんとした表情になった。

「もう夜だからな。明日でいい」

「だが、急いだ方がいいのである」

「そうは言うが、今ケーテが外に走り出したら、みんな何事かとびっくりするぞ」

ケーテは少し考えてうなずいた。

「それもそうであるなー」

「だろ？」

「では明日にでも向かってみることにするのだ」

「そうしてくれ」

「では、今夜は我は遊んでおくのである」

そう言ってケーテは部屋から出ていった。恐らくまた子供たちと遊ぶのだろう。

「がうがう！」

ガルヴも遊びという言葉に反応した。ケーテの後ろをついていく。

「む？　ガルヴも遊びたいのであるな？」

「がうー」

「では一緒に行くのだ」

こちらではおっさんたちが顔を突き合わせて話し合いをしていただけだ。

子狼《こおおかみ》のガルヴとしては退屈だったのだろう。

「ここ」

一方、ゲルベルガさまはすました表情で俺のひざの上に座っている。

まるで、自分は子供ではないとアピールしているようだ。

俺はゲルベルガさまを撫でながら、ダントンたちに言う。

「一応、魔道具の類が屋敷内に持ち込まれていないかチェックしましょうか？」

「よろしいのですか？」

「もちろん、構いませんよ」

ダントンが少し考えながら言う。

「……だが、かなり大変だぞ。屋敷も相当広いからな」

「そのぐらい何とでもなる」

「いや、ロック。目的から言えば、屋敷以外の住居も調べないといけない。大変だろう」

ダントンの言うとおりだ。

族長の屋敷が一番情報が集まるのは確かである。

だが、他の住居にも魔道具を仕込めばそれなりに情報を得ることが可能だろう。

調べるなら他の住居もチェックしなければならない。

「最初から屋敷以外も調べるつもりだ。もちろん、他人に調べられるのはあまり気持ちよくないこともしれないが」

「それは構わないのだが……。ロックにそこまでお世話になるわけには……」

「折角だからな。どうせやるなら徹底的にした方がいいだろう」

「本当に迷惑ではないのか？」

「魔道具を探すだけなら、魔力探知で事足りるからな」

どのような魔道具か調べる魔力探査は見知らぬ魔道具が出てきてからでいい。

大した手間ではないだろう。

「それなら、頼めるか？」

「ああ、どうせ暇だ。ついでに壁とかに強化魔法とかかけておこうか？」

「……本当にいいのか？」

「構わないぞ。いつもシアやニアにはお世話になっているからな」

「助かる」

狼の獣人族の族長の屋敷は、対ヴァンパイアの砦でもあるのだ。

強化しておくに越したことはない。

その後、ダントンと年長の族長との間で段取りなどを簡単に打ち合わせておいた。

「では、そういうことで」

「はい、よろしくお願いいたします」

「ロック、すまないな」

「気にするな」

俺は肩にゲルベルガさまを乗せて部屋を出る。

すると、ケーテたちの楽しそうな声が聞こえてきた。

「がっはっは！」

「がーうがう」「きゃっきゃ」

覗いてみると、ケーテが尻尾を使って子供たちとガルヴと遊んでいた。

尻尾にぶら下がる子供たち。その周りをガルヴがぐるぐる回っていた。

楽しそうで何よりだ。

より小さい子供はセルリスに絵本を読んでもらったりしていた。

どうやらこっちには出番はなさそうだ。

そう思っているとダントンが言う。

「ロック。男たちでお風呂《ふろ》でも入ろう」

「お、いいな」

ダントンが男の族長たちを集めて一緒にお風呂に向かう。

「がう？　がーうがう」

お風呂と聞いてガルヴが駆けてきた。ものすごい勢いで尻尾が揺れる。

話し合いよりも遊びだが、遊びよりもお風呂らしい。

ガルヴはとてもお風呂が好きなのだろう。

だが、獣を人の家のお風呂に入れるのは気が引ける。

「ガルヴ、今日はお風呂は入れないんだ」

「……がう？」

何を言っているのかわからない。そんな表情でガルヴは首をかしげた。

「がう！」

そして、両前足を俺の両肩に置いて口を舐めてくる。

ガルヴは「いいからお風呂はいろ！」とアピールしているのだろう。

「ガルヴ、すまないが、今日は一緒にお風呂に入れないぞ。よそのお家だからな」

「……がうー」

ガルヴがしょんぼりした。少しかわいそうになる。

それを見ていたダントンが言う。

「ん？　ロック。ガルヴも一緒で構わないぞ」

「いいのか？　気を使ってくれなくてもいいぞ。ガルヴは毎日風呂に入らなくてもいいからな」

「がう！」

一方ガルヴは入らないとダメだとアピールしているようだ。

そんなガルヴの頭をダントトンは撫でる。

「本当に入っていい。別に気を使っているわけじゃない。もちろんゲルベルガさまも一緒に入ってくれていい」

「それは、ありがたいが……。他の族長の方々が嫌がったりしないか？」

「ただの犬ならともかく、ガルヴは立派な狼。それも霊獣の狼どのだ。我らの種族に嫌がるやつはいないだろう」

「そうですよ。我らと霊獣狼は親類のようなものですから」

族長の一人もそう言った。

やはり、霊獣狼は特別な存在のようだ。

「それにゲルベルガさまは神さまですから。嫌がる者はおりませんよ」

「そうですか。ありがとうございます」

俺たちはガルヴとゲルベルガさまと一緒にお風呂に入ることになった。

ダントンの屋敷のお風呂《ふろ》はかなり大きかった。

男の族長全員で入っても、全然余裕がありそうだ。

服を脱いで浴場に入ると、身体を洗う場所でガルヴがお座りしていた。

「がーう」

「うん。ちゃんと待てて偉いな」

俺《おれ》に体を洗ってもらうのを待っているのだ。湯船に飛び込まないのでとても偉い。

一方、ゲルベルガさまは俺の後ろをついてくる。

服を着ていたときは肩に乗っていたが、服を脱いだら爪《つめ》が食い込んでしまう。

だから降りてくれたのだ。

「ゲルベルガさま、配慮してくれてありがとうな」

「こっこ」

俺はゲルベルガさまから洗っていく。

それを見たダントンが心配そうな表情を浮かべた。

「ゲルベルガさまを洗って大丈夫なのか？」

「確かに普通のニワトリなら、お風呂は慎重になるべきかもな」

ニワトリは砂浴びなどをするのでお風呂に入れる必要性はない。

むしろ入れない方がいいかもしれない。

「ゲルベルガさまは、ニワトリじゃないからな。清潔さを求めてというよりは気持ちいいからお風呂に入るんだ」

「なるほど。さすがは神さまだな」

「ガルヴも毎日のようにお風呂に入ってるが、毎日入る必要性はまったくないからな」

「がーう?」

ガルヴは大人しくお座りしたまま首をかしげていた。

そうこうしているうちに、ゲルベルガさまを洗い終わる。

もともとあまり汚れていないので、すぐ洗えるのだ。

「ゲルベルガさま、もう大丈夫だ。湯船に入っていてくれ」

「ここぉ」

ゲルベルガさまは湯船の方に走っていった。

「おお、ゲルベルガさま、湯加減はどうですかな?」

「ここ」

ゲルベルガさまは先に入っていた族長たちに歓迎されているようだった。

俺はガルヴの体をわしわし洗う。

「がーう」

ガルヴも気持ちよさそうで何よりだ。

ガルヴの体を洗って湯船に送り出してから、自分の身体も洗う。

その後湯船に向かうと、先に入っていたダントンが言った。

「おつかれさまだ」

「ああ、ケルベルガさまとガルヴを洗うのはいつものことだからな」

「がぁう」

ガルヴは湯船の中で、気持ちよさそうにしていた。

ゲルベルガさまも気持ちよさそうだ。

俺自身も、湯船はとても気持ちがよかった。

湯船の中でゆっくりしていると、族長の一人が話し掛けてくる。

「ロックどの。最近のヴァンパイアの動きについて、どう思われますか？」

「活発なのは間違いないですよね」

「はい。やはり愚者《ぐしゃ》の石の大量錬成に成功したのでしょうか……」

「そう考えた方がいいかもしれません」

俺がそう言うと、族長たちはうなずいていた。

みな危機感を持っていたのだろう。

族長の中でも若い者が言う。

「昏《くら》き者の神の結界が最も恐ろしいですね。対抗策はないのでしょうか」

狼《おおかみ》の獣人の族長たちはエリックと情報を交換している。

だから、昏き者の神の結界についても知っているのだ。

「残念ながら、今のところはないですね」

「……そうですか」

「今のところどうしても後手に回りがちですから、何とかできればいいのですが」

俺がそう言うと、族長たちは深くうなずいた。

基本的に、今まではヴァンパイアどもが襲ってきて、それを迎え撃つというのが多かった。

もちろん本拠地を叩《たた》いたこともある。

だが、それも襲われてから本拠地を探して襲うというパターンばかりだ。

「やつらが愚者の石を錬成している場所を叩けたら、いいのですが」

「我らも探してはいるのですが……」

「敵の生命線でしょうし、そう簡単には尻尾《しっぽ》をつかませてはくれません」

年長の族長は悔しそうに言った。

「とりあえずは敵の拠点を探しながらしっかり防衛するしかないかもしれませんね」

「ロックどのの仰るとおりです」

そのような話をしている間、ガルヴは湯船の中をゆっくり泳いでいた。

その背中にはゲルベルガさまが乗っている。楽しそうで何よりだ。

ガルヴたちの様子を眺めながら、俺はひとつ提案してみた。

「あの……もしよろしければですが、皆様の屋敷を魔法で強化しましょうか？」

「え⁉　よろしいのですか？」

若い族長が目を輝かせた。

「はい。もちろんです」

「しかし、ロックどののお手を煩《わずら》わせるわけには……」

族長の一人は遠慮していた。

「確かに屋敷に魔法をかけられるというのは、あまり気持ちのいいことではないかもしれませんが……」

「いえ、そんな！　それはまったくよいのですが、ロックさんにそこまで甘えていいものかと」

「問題ありません。それに、これは我々のためでもあるのです」

「と言いますと？」

「狼の獣人族のみなさまは、対ヴァンパイアの主力ですからね」

「たとえお世辞でも、大英雄にそう言っていただければ嬉《うれ》しいです」

「お世辞ではないですよ。そして、主力だからこそヴァンパイアどもが狼の獣人族を狙《ねら》う可能性があるのではと懸念《けねん》しているんです」

「なんと……」

うめいた族長たちに向けて、俺は真面目《まじめ》な顔で言う。

「もし狼の獣人族の方々がいらっしゃらなければ、成功していた敵のたくらみは多いですから」

「確かに、その危険はありますね。屋敷には子供たちもおりますし、ぜひお願いいたします」

「任せてください」

そうして、男の族長たちからそれぞれの屋敷を強化する許可を取りつけることができた。


お風呂から上がって、自分の身体を拭く前にゲルベルガさまとガルヴを拭く。

「ゲルベルガさまは、ブルブルできないから、ガルヴは少し待ってくれ」

「がう」

ブルブルしたあとのガルヴにタオルをかけてやり、俺はゲルベルガさまを拭いた。

「こっこ」

「ゲルベルガさまはどのくらい拭けばいいんだ？」

風邪をひいたら大変だ。聞きながら丁寧に拭いていく。

「がーうがう」

一方、ガルヴは掛けてやったタオルを床に落とすと、その上にあおむけで寝転がる。

そして、体を動かしてタオルにこすりつけた。自分で拭いているのだろう。

「ガルヴは器用だな」

「がう！」

俺が褒めるとガルヴは嬉しそうに尻尾を振った。

そこにダントンが風呂から上がってくる。

「お、ガルヴ、俺が拭いてやろう」

「すまない」「がう」

「なに、気にするな」

ダントンがそう言ってガルヴを拭いてくれた。ダントンの手際はとてもよい。

「ダントンは拭くのがうまいな」

「まあ、シアとニアが小さいころ、さんざん拭いたからな」

「なるほど。そういうものか」

狼の獣人族にとって、霊獣狼のガルヴは親戚のようなもの。

子供も霊獣狼も扱いが似ているのかもしれない。

「ロックは子供を作らないのか？」

「まあ、相手がな」

「紹介しようか？　ロックの種なら欲しがる者はたくさんいる」

結婚制度のない狼の獣人族らしい発想だ。

一般的な人族の風習としては、社会的に、そして制度的に子作りの前にすることがたくさんある。

だが、狼の獣人族にとって、子を作るというのは純粋な子作りを意味するのだ。

どちらが正式の親になるかなどは、あまりこだわらないようだ。

「気持ちはありがたいが……。まだちょっとな」

まだ、子供を作る気にはならない。昏き者どもとの戦いも激しさを増しているのだ。

そんなことを説明した。

風呂から出てきて、隣で身体を拭いていた年長の族長が言う。

「戦いが激しさを増すからこそ、子孫は残すべきでしょう」

「そういうものですか？」

「そういうものですよ。いつ死んでもいいように、子供は作っておかないと」

子は部族全体で育てるのが狼の獣人族だ。

自分が死んでも子供はちゃんと育ててもらえる。そう信頼しているのだ。

狼の獣人族はヴァンパイア狩りを生業《なりわい》としている。

そのため激しい戦いで、いつ死ぬかわからないと覚悟しているのだ。

だからこそ、親が死んでもちゃんと子供が育つシステムが作られているのだろう。

違う風習を持つ種族と交流することは、とても勉強になる。


男の族長たちと一緒に風呂から上がって食堂に行くと、すでに酒盛りが始まっていた。

俺がダントンたちと会議している間に女の族長たちは先に風呂に入っていたのだ。

「ロックさん。お先に始めさせてもらっていますよ」

「ロックもこっちに来て呑むのである！」

ケーテも楽しそうにお酒を呑んでいた。

「ケーテ、あまり呑みすぎるなよ」

「わかっているのである」

本来の姿は巨大なケーテのことだ。いくら呑んでも酔わないのかもしれない。

「ロックさん、お風呂はどうでありましたか？」

女の族長の末席に名を連ねるシアが立ち上がって、こっちに走ってきた。

尻尾が元気に揺れていた。

シアだけでなく、セルリス、ルッチラ、ニアも食堂にいる。

子供たちと一緒に、俺のお土産のお菓子を食べているようだ。

「セルリスたちは酒盛りか？」

「いえいえ、セルリスたちもあたしも、飲んでいるのはジュースでありますよ」

「そうか。それがいい」

成長期の者たちはお酒はまだ呑まない方がいい。

ふと、俺に気づいた子供たちが走ってくる。

「ロックさん、お菓子ありがとう」

「おお、おいしいか？」

「うん！」

おいしいなら何よりだ。

「がうがーう！」

ガルヴは子供たちの匂《にお》いをかいで、ぺろぺろ舐《な》める。

遊んでもらおうと思っているのだろう。

「ガルヴちゃんもお菓子食べる？」

「がうー」

ガルヴもお菓子をもらって、嬉しそうだ。

一方、俺は肩の上にゲルベルガさまを乗せたまま、ケーテの隣に座る。

「まあ、ロック、とりあえず呑むのである」

「ありがとう」

ケーテがそう言って俺の盃《さかずき》に酒を注《そそ》いでくれた。

よく見ると、食堂の奥にケーテの作った俺の像が飾られている。

「ケーテの作った像、目立つな」

「なかなかの自信作なのである」

「……そうか」

複雑な表情を浮かべた俺にダントンが言う。

「後で、他の宝物と一緒に族長の間《ま》に飾りなおす予定だ」

「……なるほど」

恥ずかしいが仕方がない。

風竜王お手製の石像という時点で、歴史的価値があるのは間違いない。

それが誰《だれ》の像であってもだ。

だから、ダントンが一族の宝とするのも当然といえる。

それから族長たちとお酒を呑みながら話をした。

ほぼ雑談かつ世間話だ。

しばらくすると、シアが子供たちに向けて言う。

「子供たちはそろそろ寝る時間でありますよー」

「えーまだ眠くないよー」「がうがーう」

「わがままを言っていると、ロックさんみたいに強くなれないでありますよ？」

「……わかった」「……がーぅ」

そうしてシアたちが子供たちを連れて食堂を出ていく。

「おやすみなさい！」

「おう、おやすみ」

子供たちは食堂を出る直前に挨拶《あいさつ》をしてくれた。

「がーう」

ガルヴは残って、俺のひざにあごを乗せた。

「ガルヴは寝なくていいのか？」

「がう」

ガルヴはまだ寝ないつもりらしい。

その時、廊下の方から、

「おねえちゃんと一緒に歯を磨いて寝ましょうねー」

セルリスのとても楽しそうな声が聞こえてきた。


子供たちが眠ってからは、少し真面目な話などもした。

ヴァンパイアの動きやその対策などについてだ。

その流れで、女族長の屋敷も魔法で強化する許可をもらうことができた。

強化が完了すれば、狼の獣人族全体の防衛力が上がることだろう。

その後、俺たちは夜更けまで酒盛りを続けた。


「……ここ」

途中でゲルベルガさまが眠そうにし始めた。うつらうつらしている。

「ゲルベルガさま、眠いのか？」

「こぅ！」

ゲルベルガさまは、俺の肩の上でばさばさと羽を動かした。

まだ起きていられるとアピールしているのだろう。だが、どう考えても眠そうだ。

けしてニワトリではないゲルベルガさまだが、生態はニワトリに似ている。

だから朝が早いのだろう。

「くふー」

一方、ガルヴは俺のひざにあごを乗せたまま、眠っていた。

「ガルヴも眠そうというか、もう眠っているな」

俺は族長たちに挨拶をして、用意された部屋に向かうことにした。

「ガルヴ、部屋に戻るぞ」

「がう？」

ゆすって起こしたら一瞬目を開けて、また目をつぶった。

ガルヴは大きいので、抱きかかえて部屋に向かうのは大変だ。

「ほら、ガルヴ。おいてくぞ」

「……がーう」

眠そうにしながらやっと起きる。ふにゃふにゃしながら、ついてきた。

子供だから、眠いのだろう。

「ほら、ガルヴ、部屋についたぞ」

「……がぅ」

ガルヴは眠そうにベッドに入り込む。灯《あか》りを暗くして、俺もすぐにベッドに入る。

いつもはルッチラと眠っているゲルベルガさまも今日は俺と一緒だ。

「ゲルベルガさま。どこがいい？」

どことは、ベッドの枕元《まくらもと》か足元か、左側か右側か、掛け布団の中か、外か。

好みをゲルベルガさまに聞いておこうと思ったのだ。

「ここぅ」

ゲルベルガさまは俺の枕の横に座る。そして首を縮めて目をつむった。

ニワトリは高いところで眠りたがるが、ゲルベルガさまはそうでもないらしい。

神鶏《しんけい》だからかもしれない。

「がーう」

ベッドに横たわる俺のお腹《なか》の上にガルヴがあごを乗せてきた。

優しく頭を撫《な》でてやる。すぐにガルヴは寝息をたて始めた。

枕元にいるゲルベルガさまも俺に体を寄せてきた。

俺はゲルベルガさまとガルヴを優しく撫でながら眠りについた。


次の日の朝。朝ごはんを食べた後、獣人族の子供がやってきた。

「ロックさん。お願いがあるのですが……」

「どうした？」

「俺に稽古《けいこ》をつけてください」

子供といっても、シアとニアの間ぐらいの年齢だ。

狼の獣人族なので、もう冒険者として活動し始めているのだろう。

横で聞いていた、ダントンが言う。

「お客人にご迷惑だろう。遠慮しなさい」

「はい。……申し訳ありません」

子供はしょんぼりしている。

「いや、いいぞ。屋敷に魔法防御をかけるまで準備がいるし、それまでは暇だからな」

「我が水竜の集落に出かけてアポイントをとって来るのを待たなければだものな！」

朝ごはんをまだ食べていたケーテもそう言った。

ケーテはたくさん食べるので、食事に時間がかかるのだ。

屋敷にかける魔法防御は、水竜に協力してもらうつもりだ。

ケーテがアポイントを取って、都合のいい日を聞き、俺が出向いて教えてもらう予定だ。

それまで俺は結構暇なのだ。

「本当によろしいのですか？」

「ああ、構わない。ニアとも稽古するつもりだったからな。他にも稽古したい者がいれば連れてきなさい」

「ありがとうございます！」

子供はとても嬉しそうに駆けていった。

子供が走り去った後、ダントンが改めて言う。

「ロック、本当にいいのか？」

「ああ、気にするな」

その後、ケーテは水竜の集落に向かった。

そして、俺たちは屋敷の外に向かう。

セルリス、シア、ニア、子供たちとルッチラ、ゲルベルガさまとガルヴも一緒だ。

族長も数人ついてくる。稽古を見学させてくれと言われたので断る理由はない。

俺は獣人族の子供たちに向けて言う。

「とりあえず、どのくらいの腕前か見たいから、全力でかかってきなさい」

「はい！」

俺はゲルベルガさまを肩に乗せたまま、年長の子供から順番に相手をした。

子供たちはまったく手加減なしで、かかってくる。

さすがに冒険者として活動を開始しているだけのことはある。

自分と俺の力量差が手加減しなくてもいいレベルだと理解できているのだ。

子供たちを相手にした後、ニア、シア、セルリスも相手する。

それが終わるとまた、子供たちを相手にする。

二巡したあと、俺はルッチラに言った。

「ルッチラ。頼みがあるんだが」

「はい。何でも言ってください」

それまでルッチラは真剣な目で稽古を見ていた。

「稽古のために幻術を頼む」

「はい。何の幻を出しますか？」

「そうだな……。とりあえずレッサーヴァンパイアで頼む」

「了解しました！」

ルッチラはヴァンパイアロードとの戦闘経験はない。

だが、レッサーヴァンパイアやアークヴァンパイアとは何度か戦っている。

ゆえに精度の高い幻術が期待できる。

それに幻術を使うことは、ルッチラの訓練にもなるはずだ。

俺は肩で息をしている子供たちに向けて言う。

「ニア、子供たち。今から強敵を呼び出すから、とりあえず集団で戦いなさい」

「はい。がんばります！」

「はい！」

ニアと子供たちは元気よく返事をしたが、よくわかっていなさそうだった。

ニア以外は幻術というものになじみがないのだろう。

俺は子供たちから離れて、見物している族長たちの近くに行く。

「じゃあ、いきます！」

そうルッチラが言った瞬間、ルッチラの気配が急激に薄くなる。

姿隠しを使ったのだ。

そして、代わりに子供たちの目の前にレッサーヴァンパイアの幻が二匹出現した。

のんびり見物していた族長たちも一瞬で身構える。剣を抜いている者までいた。

ルッチラの幻術の精度はそれほど高いのだ。

だから俺は族長たちに言う。

「安心してください。訓練用の幻術ですから」

「なんと！　幻術ですか？　これほどはっきり見えるとは……」

「私の徒弟《とてい》、ルッチラの特技ですよ」

「そうだったのですか……。まるで本当にレッサーヴァンパイアがいるように感じられます」

「さすがはロックさんの徒弟の方ですね」

族長たちは心底驚いているようだった。

ダントンがつぶやく。

「幻術と聞いて、改めて眺めてみても、本物のレッサーにしか見えんぞ」

「だろう？　俺が使う幻術もルッチラに教えてもらったんだ」

「ロックが教えてもらうほどとは……」

俺が族長たちと会話している間に、子供たちに幻のレッサーが攻撃を仕掛けた。

子供たちは驚きつつも、すぐに反撃を開始する。

「さすが、子供とはいえ、狼の獣人族の戦士だな。見事な動きだ」

「お世辞でも嬉しい」

「お世辞ではないさ。さて、子供たちの訓練が終わり次第、シアたちにも幻術で訓練するか」

「シアたちにもレッサーを呼び出すのか」

「いや、シアとセルリスは強いからな。ロードの幻を呼び出す」

「なんと！」

俺とダントンの会話はおそらく族長たちにも聞こえただろう。

これで急にロードが現れても驚くまい。

だが、念のために族長たちに改めて言う。

「この訓練が終わり次第、俺がヴァンパイアロードの幻を出すことにします」

「ロードですか。それは……すごい」

「さすがはロックさんです」

「今後も幻を出すときはあらかじめご報告しますね」

「ありがとうございます」

俺が事前に報告するのは、稽古中に本当にヴァンパイアが現れたときのためだ。

そのとき、幻かもしれないと思われれば、どうしても初動が遅くなってしまう。

だから、幻を出すときはあらかじめ報告することにしたのだ。

俺は族長に伝えてから、ゆっくりとシアたちの元へと歩く。

「シア、セルリス。子供たちの訓練が終わり次第、稽古の続きだ」

「はい！　よろしくお願いするであります！」「頑張るわ！」

「ああ。二人で協力して対応してみなさい」

「はい！」「任せておいて！」

二人はとても張り切っているようだ。

一方、そのころ、ガルヴは俺の後ろでお行儀よくお座りしていた。

いつもはしゃぎまくっているガルヴにしては珍しい。

「ガルヴも訓練したいのか？」

「がう？」

そういうわけでもないらしい。

そうこうしている間に、子供たちの訓練が終わる。

子供たちは見事幻術を退治できたようだ。

とはいえ、幻術は普通にやっても倒せない。

ルッチラが慎重に子供たちが与えたダメージを判断して倒させたのだ。

俺はルッチラと子供たちに駆け寄った。

まずニアと子供たちに尋ねる。

「どうだった？」

「強かったですけど、何とかなりました。本物もこんな感じですか？」

「そうだな。ルッチラの幻はかなりの再現度だった」

「ルッチラさん、ありがとうございます！」

子供たちが頭を下げて、お礼を言い、ルッチラは照れていた。

そんなルッチラに俺は言う。

「ルッチラ。見事だ」

「ありがとうございます」

「次はアークヴァンパイアを頼むかもしれない。できるか?」

「アークまでなら、かなりの精度で再現できます。ロード以上はぼくには戦闘経験があまりないので……」

「そうか、素晴らしい」「がうがう」

ガルヴはルッチラに甘えていた。ルッチラもガルヴを撫でている。

ガルヴをルッチラに任せると、子供たちにささやく。

「いまからロードの幻を出す。シアとセルリスがどう戦うのか見てなさい」

「「はい!」」

期待のこもった目で子供たちが見つめてくる。

俺はちらりとシアとセルリスを見た。談笑していた。

まだ、訓練が始まるとは思っていなさそうだ。

俺はシアたちの油断に構わずヴァンパイアロードの幻を出した。

俺の全力に近い幻術である。

幻だとわかっていても、本物としか感じられないだろう。

「ぬ……」「なんと……」

族長たちのうめくような声が聞こえる。

あらかじめ報告していたにもかかわらず、族長たちは全員剣を抜いている。

それほど真に迫る幻を出せたのだと、俺は満足した。

「ひっ⁉」

子供たちは悲鳴に近い声を上げていた。あまりの威圧感に驚いたのだろう。

一方シアとセルリスは、

「りゃああああああ」

「とりゃ！」

出現したヴァンパイアロードが動き出す前に躍りかかった。

俺が作り出したヴァンパイアロードの幻は第六位階のものだ。

王宮に手の者をたくさん忍び込ませていたロードである。

俺が一人で討滅したので、セルリスもシアも遭遇したことがない。

だから最適だと思ったのだ。

「このっ！」

「こいつ素早いであります！」

シアとセルリスは見事に戦っていた。

ちなみにシアが今使っている剣は、この第六位階からの戦利品だ。

俺の横にダントンが来た。

「我が娘ながら、いい動きだな」

「ああ、見事なものだ。俺が初めてシアに会ったときに比べても格段に成長している」

「本当か？」

「うむ。見ていればわかると思うが、今出している幻の精度はかなり高い」

「それはわかる」

ダントンはうなずく。

ダントンは経験豊富なヴァンパイア狩りの戦士。ロードの強さは熟知している。

族長たちもロードの精度に気づいているのだろう。

見事に戦うシアとセルリスを見て、「ほう」と感心するような声を出している。

「見事なものだ」

俺は改めてつぶやいた。

初めて会ったとき、シアはゴブリンロードに苦戦していた。

それが二人がかりとはいえ、ヴァンパイアロードと互角に戦っているのだ。

セルリスも初めて会ったときに比べて格段に動きがよくなっている。

若者の成長はかなり早い。

そして、俺は近くにいる子供たちを見た。

ものすごく真剣な表情で戦いを見つめていた。見ているだけでも勉強になるだろう。

ダントンが幻とシアたちの戦いを見守りながら言う。

「俺としては、幻の精度の高さが恐ろしい」

「そうか？」

「再現度が高すぎる」

「今出している幻の元となったヴァンパイアロードとは直接戦ってとどめを刺したからな」

ダントンはゆるゆると首を振る。

「俺たちもソロでは難しくとも、力を合わせればロードは狩れる」

「ふむ？」

「だが、ここまで分析できない。ロックはロードのすべてを完全に見透かしている」

「まあ、戦いながら観察しているからな。観察は結構得意な方だ」

そんなことを話しながらも、俺は幻を調節していく。

シアとセルリスが幻に与えたダメージを計算するのだ。

そして、仮に本物だったらどう動きが変化するかを推定する。

その計算はかなり大変だ。

「……相当な力量差がなければここまで見透かすことはできないぞ」

「そうか。そうかもしれない」

「ヴァンパイア狩りの専門家の俺たちより、ヴァンパイアに詳しいかもしれないな」

「それはないだろう」

「いや、ヴァンパイアの生態や風習ならともかく、戦闘に関しては完全にロックが上だろう」

ダントンに俺の幻を絶賛されてしまった。

自信のある幻なので、褒《ほ》めてもらえてとても嬉しい。

「今度、俺にも稽古をつけてくれ」

「いいぞ。いつでも言ってくれ」

「本当にいいのか？」

「ああ」

そんな会話を聞いていた他の族長もやってくる。

「ロックさん、ぜひ我らにも」

「はい。時間さえあれば、いつでも構いませんよ」

「ありがたい！」

族長たちはすごく嬉しそうだった。

一方、俺と族長たちが会話している間も、シアとセルリスは稽古を続けていた。

俺も語りながら計算して幻の微調整を続けた。

「せい！」

「りゃああ」

激しい戦いの後、二人の連携が見事に決まり、ロードの幻の首が飛ぶ。

そうして、落ちた首にシアが素早くとどめを刺した。

その瞬間、一斉に拍手の音が鳴り響く。

「お見事！」

「おねえちゃんすごい！」

族長と子供たちから称賛されて、シアとセルリスは照れていた。

そして二人とも俺のもとへと走ってくる。

「「稽古、ありがとうございます」」

二人で声を合わせて、お礼を言った。

「思っていたより俺もいい訓練になった。ありがとう」

シアたちの動きは俺が考えていたより素早かった。

それに対応するために、俺の魔力操作もかなり鍛えられた気がする。

「あの、ロックさん、私たちの動きはどうでありましたか？」

「とてもよかったぞ」

セルリスがゆっくりと首を振る。

「まだまだ力量が不足しているのは自分たちにもわかっているわ」

「そうであります」

「まあ、誰と比べるかで評価は変わるからな」

以前のシアたちに比べたら、相当強くなっている。

だが、エリックやゴランたちと比べたら不足しているのは間違いない。

シアもセルリスも目標が高いのだろう。向上心があるのはいいことだ。

だから、俺も本気で改善すべき点を教えていった。

シアもセルリスも真剣に俺の話を聞いていた。

なぜか隣で、ガルヴとゲルベルガさまも真剣に聞いていた。

シアとセルリスへの指導が終わった後、ニア、ルッチラと子供たちの指導に移る。

もっとこうした方がいいという点を教えると、ニアたちも真面目に聞いていた。

稽古が終わると、ガルヴが俺の周りをぐるぐる回り始めた。

ものすごい勢いで尻尾を振っている。

「散歩したいのか？」

「がう！　がう！」

どうやらガルヴは散歩をしたいらしい。ガルヴとは大体いつも午前に散歩している。

だが、今日は稽古が始まったから待っていたのだろう。

「それじゃあ、散歩に行くか」

「がーう！」

嬉しそうにガルヴはぴょんぴょん跳びはねた。

俺はゲルベルガさまにも声をかける。

「一緒に行くか？」

「こここ」

ゲルベルガさまはそう鳴くと、ルッチラの肩から俺の肩に飛び移った。

「あたしたちも同行するであります！」

「わ、わたしも！」

シア、セルリス、ニア、それに子供たちもついて来たいらしい。

「稽古の後だというのに、体力あるな」

「「はい！」」

嬉しそうに子供たちが返事をした。やる気は買うが、休憩も大切だ。

俺はシアやセルリス、子供たちに、無理せず休憩しておくように指示をする。

そして、改めてガルヴとゲルベルガさまと散歩に出かけた。

「ガルヴ、思いっきり走っていいぞ」

「がう！」

俺がそう言うと、ガルヴはものすごい速さで走り出す。

ガルヴの走る速度もどんどん速くなっている気がする。

成長期なのだろう。

さっき子供たちを置いてきたのは、ガルヴを思いっきり走らせるためでもあったのだ。

子供たちも足は速い方だが、ガルヴの全力疾走にはついて来られない。

「さすがに速いな」

俺が並走しながらつぶやくと、ガルヴが速度を緩《ゆる》めて、こっちを見た。

「がう？」

「もっと速くていいぞ。全力を出せ」

「がう！」

大喜びでガルヴは走る。

俺も走ってガルヴについていった。

「コココココッ！」

ゲルベルガさまは向かい風に逆らうように、必死に俺の肩にしがみついていた。

ゲルベルガさまにとっても、いい運動になりそうだ。

結構走った後、ガルヴはようやく歩き出す。

「もういいのか？」

「はっはっはっはっ」

ガルヴは舌を出して荒く息をしていた。

全力で走って疲れたのだろう。

「まあ、水を飲め」

「がふがふがふ」「こっここここ」

魔法の鞄《かばん》から、大き目の器と水を出してガルヴに与える。

ものすごい勢いでガルヴは水を飲み始めた。ゲルベルガさまも一緒に水を飲む。

ガルヴはゲルベルガさまに少し遠慮して器の端で水を飲んでいた。

水を飲み終わったゲルベルガさまを俺は抱きかかえた。

「ゲルベルガさまは、疲れたら俺の懐《ふところ》に入っていいぞ」

「こっこ」

もぞもぞとゲルベルガさまが俺の服の中に入っていった。

そして、顔だけ出した。これでゲルベルガさまも疲れまい。

俺はゲルベルガさまの頭を撫でた。とさかがぷにぷにして気持ちがいい。

それから休憩を終えたガルヴが歩き出す。巡回モードに入ったのだろう。

ときどき用を足しながら進んでいく。縄張りを主張しているのだ。

「ガルヴは足を上げないんだな」

「がう？」

ガルヴがまだ子狼《こおおかみ》だから、足を上げないのかもしれない。

もしくは群れのボスである俺に遠慮しているのかもしれない。

「ガルヴ、別に俺に遠慮しなくていいんだぞ」

「がうー？」

「俺は縄張りを主張するつもりはないからな」

足を上げることに怒ったり、ガルヴに張り合って上から用を足したりはしない。

そう伝えたつもりだが、ガルヴはきょとんとしていた。

走ったり歩いたりしながら、散歩を続ける。

俺もたまに水を与えたり、おやつを与えたりもする。

そして、一時間ほどかけて散歩を終えると、ダントンの屋敷へと戻った。

屋敷に戻って改めてガルヴとゲルベルガさまに水を飲ませているとルッチラが来た。

嬉しそうに、小走りで駆けてくる。

「おかえりなさい！」

「おお、ルッチラ。ただいま」「がうがう」

水を飲んでいたガルヴが顔を上げて、ルッチラの匂いをかぐ。

ルッチラは笑顔でガルヴを左手で撫でた。

そして、しゃがんでゲルベルガさまを右手で優しく撫でた。

「ゲルベルガさまも、おかえりなさいませ」

「ココゥ」

水を飲んでいたゲルベルガさまは、顔を上げると、ルッチラの肩へと飛び上がる。

「水はもういいんですか？」

「ここ」

ゲルベルガさまはルッチラの髪の中に顔を突っ込んだ。

嘴《くちばし》で耳を甘がみしたりしている。甘えているのだろう。

「楽しかったみたいですね」

「こぅこ！」

「ロックさん。ありがとうございます」

「ガルヴの散歩のついでだからな。それに俺も楽しかった」

「こっこ」

ゲルベルガさまもお礼を言うように、俺を向いて羽を動かし数度頭を下げた。

俺はそんなゲルベルガさまを撫でる。

「ゲルベルガさま、散歩に行きたくなったら、いつでもついて来ていいからな」

「ここ」

そう言ってゲルベルガさまを微笑《ほほえ》んで見ていたら、ルッチラが思い出したように言った。

「あ、そうでした。ケーテさんが戻ってますよ」

「おお、さすがケーテだ。早いな」

「なんかお客さんも連れてきてました」

ケーテは水竜の集落まで行ってくれた。

俺に水竜の結界術を教えてくれないか聞いてきてくれたのだ。

だからお客さんは、恐らく水竜の誰かだろう。

「ふむ。お客さんか」

「はい、会ったことのない人でした」

ルッチラがそう言うのならば、お客さんはリーアやモーリスではないのだろう。

そして、屋敷の中に入っている時点で、人型になっているということだ。

つまり王族か王族に近しい人物だ。

ダントンの屋敷は大きいが、水竜が竜の姿のまま入れるほど大きくはない。

「誰だろうか。水竜なら俺の知っている人のはずだが……」

少し前まで、水竜の集落には毎日通っていた。

だから全員と顔見知りなのだ。

俺はルッチラ、ガルヴ、ゲルベルガさまと一緒に屋敷に入る。

そうしてケーテとお客さんが待っているという応接室へと移動した。

俺《おれ》に気づくと、ケーテは嬉《うれ》しそうに尻尾《しっぽ》を揺らした。

「お、ロック、おかえりである！」

「ただいま。ケーテもおかえり。早かったな」

「うむ。話し合いがすぐ終わったから早く帰れたのである」

水竜の集落へは王都の俺の屋敷から魔法陣で飛べる。

そして、王都までケーテの翼なら数分だ。

移動にはさほど時間はかからないのかもしれない。

「お客様がいらっしゃるとか？」

俺はケーテの隣に座っている人物に目を向けた。

短髪の青年だ。髪の色はリーアと同じきれいな水色で、優しそうな顔をしている。

さらに、リーアやケーテと同じように、立派な尻尾が生えていた。

「がう！」

ガルヴが尻尾を勢いよく振って青年のところに駆けていく。

そして、匂《にお》いをかぎまくり、ぐるぐる回る。

青年はガルヴを軽くひと撫《な》でてすると、笑顔で立ち上がった。

すぐにケーテも立ち上がって言う。

「水竜のモルスくんである」

「ロックです、よろしくお願いいたします」

「モルスと申します。今回ロックさまとご一緒できることは、私にとってこの上なく光栄です！」

緊張気味のモルスを見て笑いながらケーテが言う。

「ロックが結界術について教えてもらいにいきたいと希望していると伝えたら、モーリスが気を使ってくれたのだ」

「ふむ？」

モーリスは王太女リーアの叔父《おじ》にして水竜の侍従長である。

侍従長とはいうが、王族でもあり事実上の摂政《せっしょう》のような立場だ。

「ロックに長い間水竜の集落に来てもらうのは悪いとモーリスは考えたのであろうな」

「そんな……。俺は教えを請う立場だ。気を使わなくてもいいのに」

「そういうことでもあるが、そういうことではないのだ」

ケーテはよくわからないことを言う。

「というと？」

「いくらロックでも、習得にはそれなりにかかるであろう？　その間、狼《おおかみ》の獣人族の方々を待たせるのは申し訳ないと思ったのであろうな」

「なるほど、そういうことか」

水竜の王太女リーアは狼の獣人族に感謝と友好を表明していた。

俺に気を使ったというよりも、狼の獣人族に気を使ったのかもしれない。

水竜たちは義理堅いのだろう。

「ということで、水竜の中でも結界術が得意な者を派遣してくれることになったのである」

「おお、それがこちらのモルスさんか」

「そうなのである」

ケーテに優秀と呼ばれて、モルスは少し照れていた。

ほほが少し赤い。だが、照れながらも、背筋を伸ばしてはっきりと言う。

「風竜王陛下のご紹介は非才の身には過分の言葉でありますが、全力を尽くさせていただきます」

「モルスさん。頼りにしています。これから一緒に頑張りましょう」

俺は握手のためにモルスに右手を差し出した。するとモルスは俺の右手を両手で握り返した。

それから俺はモルスに尋ねる。

「モルスさんは人の姿に変化できるということは、王族の方ですか？」

「私はモーリスの子で、役職は侍従でございます」

「そうだったのですか。モーリスさんのご子息でしたか」

そんなモルスにガルヴはじゃれついていた。

俺は少し考える。俺としては初対面だと思っていた。

だが、ガルヴが懐いているということは、何度か会ったことがあるのかもしれない。

人の姿で出会うのが初めてというだけかもしれないのだ。

「モルスさん。竜の姿ではお会いしたことが？」

そう言うと、モルスは嬉しそうに微笑《ほほえ》んだ。

「はい！　そうですね、この姿では初めてお会いいたしますが、竜の姿では何度かお会いしております」

「そうでしたか。気が付かなくて申し訳ありません」

モルスは少し大げさ気味に手を振った。

「滅相《めっそう》もございません！　お気になさらないでください！」

「そう言っていただけると助かります」

「竜の姿と人の姿はかけ離れておりますから。お気づきにならなくても仕方ありません」

ケーテが、モルスにじゃれつくガルヴに後ろから抱きつきながら言う。

「我が初めて人の姿でロックに会ったときも、ロックは気づかなかったのである」

「そういえばそんなこともあったな」

ケーテもモルスもにこやかに微笑んでいる。

人型のモルスはなかなかに鍛え上げられた肉体の持ち主だった。

肩幅が広く、胸板《むないた》も厚い。まるでゴランのような肉体だ。

「戦闘もご一緒したことが？」

「はい。ロックさまの素晴らしい戦いぶりを間近で拝見させていただいたこともあります！」

モルスは水竜の中でも精鋭。いつも最前線で戦っていたとのことだ。

それゆえ、俺と近くで戦っていたことも多いらしい。

それに、朝の散歩の際も、水竜たちの先頭に立って俺たちを追いかけていたようだ。

「ああ、それでガルヴが喜んでいるんですね」

「はい、ガルヴさんとも仲よくさせていただいております」

そう言って、モルスは笑った。

俺はガルヴと戯れているケーテに尋ねる。

「ケーテ。ダントンにはモルスさんのことを紹介したのか？」

「あ、まだであるぞ」

「そうか、じゃあ紹介した方がいいな」

俺はモルスに語り掛ける。

「ついてきてください。この屋敷の主で、族長でもあるダントン・ウルコット卿《きょう》をご紹介いたしましょう」

「はい。ありがとうございます」

そうして早速歩き始めようとしたら、申し訳なさそうにモルスに呼び止められた。

「あの、ロックさま」

「どうされました？」

「ロックさまの振る舞いに、わたくし如《ごと》きが何か申しあげるのは、とても恐れ多きことでございますが……」

そう断ってからモルスは言う。

お願いだから敬語はやめていただけないだろうか。そう頼まれた。

「ですが、私がモルスさんに教えを請《こ》う立場ですし……」

そう言うと、ケーテが「がっはっは」と笑う。

「ロックは風竜王である我にため口なのだ。にもかかわらず敬語を使われるとモルスは非常に困ってしまうであろう？」

「そういうものか？」

「そういうものである。それに水竜にとってロックは大恩ある英雄だからな」

「大恩なんて大げさな」

俺の言葉を聞いたモルスが勢い込んで言う。

「まったくもって大げさではありません！」

「そ、そうですか」

ケーテがにこにこしながら続けた。

「そうであるなー。ロックに敬語を使わせていることがわかったら、モーリスに激怒されそうだな」

「そんなことはないだろう」

「……いえ。恐らくは」

モルスが控えめに言う。だが、すぐ慌てた様子で付け加えた。

「ですが！　ロックさまの使いやすい言葉でまったくもって構いません！」

俺が敬語を使うことで、モルスが叱《しか》られるなら、敬語を使う方が逆に失礼かもしれない。

「そういうことなら、ため口でいかせてもらおう」

「ありがとうございます。ですが、よろしいのですか？」

モルスは本当に申し訳なさそうに言う。

「いや、ため口でいいなら、ため口の方が楽でいい」

「ありがとうございます！」

モルスはそこでやっとほっとしたように見えた。

話がついたので、俺たちはダントンの部屋に向かう。

ガルヴが当然といった様子で先導し始めた。尻尾をピンと立てて堂々と歩いている。

「ガルヴ、案内してくれるのか？」

「がう」

俺もダントンが大体どこにいるのか予想はつく。

恐らくは族長室にいるのだろう。

ガルヴは匂いをかぎまくりながら、ゆっくりと進む。

「ガルヴさん、ありがとうございます」

「がーう」

モルスがガルヴにお礼を言って、ガルヴは尻尾を振って応えた。

そしてガルヴは族長室の前まで歩いていった。

やはりダントンは予想通り族長室にいたようだ。

「ガルヴ、ありがとうな」

「がう！」

褒めてやって頭を撫でる。ガルヴが尻尾をビュンビュン振った。

ひとしきり撫でていると、向こうから扉が開いた。

ガルヴを撫でまくっている俺とダントンの目が合う。

「ロック、なかなか入ってこないから、どうしたのかと思ったぞ」

「すまん。ガルヴがここまで案内してくれたからな、褒めてやっていたんだ」

「ああ、褒めてやるのは大切なことだ」

ダントンは深くうなずいた。

獣人は嗅覚《きゅうかく》が鋭い。耳もよい。

俺たちが部屋に近づいてきていることは、ずっと前から気づいていたのだろう。

そして、なかなか入ってこないことにしびれを切らして出迎えに来たのだ。

「がう！」

ガルヴは嬉しそうにダントンに体を押し付けた。

「よしよし」

ダントンはガルヴを撫でながらこちらを見る。

「そちらの方は？」

「水竜のモルスさんだ。モルスさんをダントンに紹介するために、ここに来たんだ」

「モルスです。よろしくお願いいたします」

「狼の獣人族の族長の一人ダントン・ウルコットです。立ち話もなんですし……」

軽く自己紹介を済ませると族長室の中へと案内された。

同時に、ダントンは若い衆にお茶を持ってくるよう指示をした。

ダントンに勧められるまま、俺たちは席に着く。

ガルヴは俺の横に座って、ひざの上にあごを乗せた。

ダントンもモルスもガルヴと仲がよい相手だから、リラックスしているのだろう。

早速モルスが頭を下げる。

「先日は我が水竜族のために尽力してくださりありがとうございます」

「いえ、こちらこそ素晴らしい宝剣をいただきまして……」

モルスとダントンは互いにお礼を言い合った。

切りのよさそうなところで、俺は言う。

「ところで、モルスに来てもらった理由なんだが、屋敷に設置する魔道具製作の手助けをしてもらうためなんだ」

「なんと。わざわざありがとうございます」

ダントンは再びモルスに頭を下げた。

狼の獣人族の集落にヴァンパイアに魅了された者が入り込んでいる可能性がある。

モルスとはそれを感知するための魔道具製作を共同でやるつもりなのだ。

俺と水竜のモルス、それに風竜のドルゴがいれば、すごいものができそうだ。

モルスを連れてきたケーテが自慢げに言う。

「モルスは、水竜の侍従長モーリスの子で、リーアの侍従なのである」

「なるほど！　ということは王族の方でいらっしゃいましたか」

「王族――ではあるのですが、基本は侍従でありますので。ぜひ王族ではなくただの水竜として扱ってください」

「そうおっしゃいましても……」

「いえ、ぜひ、お願いいたします」

結局、モルスの強い希望で、王族扱いしないことになった。

とはいえ、水竜の賓客《ひんきゃく》であることには変わりない。丁重な扱いをし続けることになる。

だが、王族扱いしないとなると、いろいろな礼節を省略できる。

ケーテを族長に紹介したとき、ケーテが畏《かしこ》まるなと族長たちに言ったのはそのためだ。

モルスも狼の獣人族も助かるだろう。

「モルスはなー。単に王族というだけでなく、『結界魔法のエキスパートなのです！』とリーアが言っていたのだ」

「それは心強い。我らが狼の獣人族のために……ありがとうございます」

ダントンに深々と頭を下げられ、モルスは恐縮しきっていた。

そこにお茶が運ばれてきた。お茶を勧めてからダントンは言う。

「モルスさんを派遣していただけたことは、とても心強いのですが……。よかったのですか？」

ダントンは心の底から心配そうに言った。

精鋭であるモルスを派遣するということは、水竜集落の戦力低下につながる。

水竜の集落は今は平穏ではある。とはいえまだ油断はできない。

俺もそれは懸念《けねん》していた。だから、教えを請いに出向くつもりだったのだ。

だが、モルスは即答する。

「もちろんです。ロックさまの助けになるなら。そして狼の獣人族の方々のお役に立てるなら、私の、いえ水竜族にとって望外の喜びです」

それを聞いて、ケーテが一度うなずいてから言う。

「リーアもなー。ロックやセルリス、シアやニアに来てほしがっていたのであるが……」

「そう言ってもらえるのは嬉しいな」

「今度遊びに行ってあげてほしいのであるぞ」

「わかった。暇を見つけて、遊びに行こう」

「そうしてほしいのである。そのときは我も行くのである」

リーアに会いたいと思ってもらえるのは光栄だ。

今度、リーアの友達のセルリスやシア、ニアを連れて土産を持って遊びに行こう。

ガルヴとゲルベルガさまも連れていった方がリーアは喜ぶかもしれない。

狼の獣人族での仕事の合間にでも、水竜集落に顔を出そうと思う。

そんなことを考えていると、ケーテがお茶を飲みながら言う。

「最初はみんなロックに来てほしがっていたのだが、狼の獣人族のためと説明したら、モルスを派遣してくれることになったのだ」

「ああ、水竜族は狼の獣人族に恩義を感じていたものな」

俺の言葉に、ケーテは深く「うんうん」とうなずいた。

「そうなのである。竜族は義理堅いのだ」

水竜の集落を狙《ねら》う昏《くら》き者どもを討伐《とうばつ》するのに狼の獣人族は尽力した。

それもあって、狼の獣人族が困ったときに水竜は必ず助けるとリーアは言っていた。

早速、有言実行したのだろう。その姿勢は見習わなければなるまい。

「だが、水竜集落の戦力低下は不安だな。エリックとゴランに改めて言っておこうか」

一応、ケーテがいれば、俺も十数分で水竜の集落には行ける。

そうは言ってもエリックとゴランにも言っておいた方がより安心ではある。

だが、ケーテが思いのほかはっきりと言った。

「その必要はないのである」

「そうなのか？　なぜだ？」

「それはだな……」

——コンコンコン

ケーテの会話の途中で、ダントンの部屋がノックされた。

やってきたのは族長たちである。モルスに挨拶《あいさつ》をするためにやってきたのだ。

ケーテの話の続きが聞きたかったたが、後回しにすることにした。

「これは水竜どの、我ら狼の獣人族の元へよくぞいらっしゃいました」

「お邪魔しております、モルスといいます」

俺はダントン、ケーテと一緒にモルスを族長たちに紹介した。

モルスは狼の獣人族にとって、ともに昏き者どもと戦った水竜の戦士だ。

族長たちもモルスも、互いに一目置いている。打ち解けるのも早かった。

頃合《ころあ》いを見て、俺はダントンと一緒にモルスを連れ出した。

子供たちなど、ダントンの部族のメンバーにもモルスを紹介するためだ。

「子供たち、集まれー」

「あ、ロックさん、どうしたの？」

わらわらと子供たちが集まってくる。

「この人はモルス。水竜なんだ」

「モルスです、よろしくお願いします」

「よろしくです！」

「尻尾太いですね！」

子供たちはすっかりモルスのことが気に入ったようだった。

子供たち以外にも紹介して回っている間に、夕食の準備が完了した。

その日の夜はモルスの歓迎会ということで宴会が開かれたのだった。

第五章

次の日から魔道具の製作を開始することになった。

朝食とガルヴの散歩の後、ダントンの屋敷の一室に、俺《おれ》、モルス、ケーテが集まる。

助手としてルッチラも来てくれている。ガルヴとゲルベルガさまは見学だ。

一方、シア、ニア、セルリスは、子供たちと一緒に外で訓練をしている。

張り切った様子でケーテが言う。

「さて、何から始めるのであるか？」

「うん、その前にだな……」

俺はずっと気になっていたことをケーテに尋ねた。

「あの。ドルゴさんは？」

錬金術が得意な風竜族。その代表はケーテの父ドルゴにお願いしていたはずだ。

だが、ケーテはあっさりと何でもないことのように言った。

「む？　父ちゃんは来ないのだぞ？」

「え？　風竜族の協力も頼みたいのだが……」

錬金術の助けなしで、目的の魔道具を作るのは難しい。

ドルゴの協力が得られないなら、フィリーに頼むしかないかもしれない。

とはいえ、フィリーは忙しいので無理させたくない。

フィリーはまだ成長期。たくさん寝なければならない年頃《としごろ》だ。

そんなことを考えていると、ケーテが堂々と胸を張る。

「我に任せるのだぞ！」

そう言うケーテの尻尾《しっぽ》は楽しそうにゆっくり上下に揺れていた。

ケーテには自信があるようだ。だが俺は不安を覚えた。

「えっと……。大丈夫なのか？」

「何がであるか？」

「かなり高度な錬金術の技術が必要になると思うが……」

高度な技術をケーテが持っているとはあまり思えない。

そんな印象がある。

「ふっふっふ。我も練習しているから大丈夫である」

「そうなのか。……ところで、ドルゴさんは今何を？」

ドルゴが多忙ではないのなら、ドルゴにも頼みたい。そう思って俺は尋ねた。

「父ちゃんは今は水竜の集落である」

「ほう？」

「モルスの抜けた穴を埋めるために、父ちゃんが向かったのである」

「それは、安心だが……」

「父ちゃんは我に任せると言っていたのだ」

昨日、ケーテが水竜の集落は大丈夫と言っていた。

その理由はドルゴが水竜の集落にいるからだったのだろう。

水竜の集落の防衛は大切だから仕方がない。

とはいえ、ケーテとドルゴの役割を逆にした方がいいのでは？　と思わなくもない。

ケーテなら、水竜の集落の戦力強化の任を充分に果たせるだろう。

「そうか。ドルゴがケーテに任せると言っていたのか」

「そうなのである！」

それでも、ドルゴがケーテに任せると言ったのなら、恐らく大丈夫なのだろう。

あとはケーテの錬金術の腕前を信じるしかない。

万が一、ケーテの錬金術が役立たなかったら、ドルゴとケーテに交代してもらおう。

「さてさて、始めるのである」

「勉強させていただきます」

ケーテもモルスもやる気充分なようだ。

俺はうなずいて、魔道具の目的から改めて説明していく。

「魅了をかけられた者を素早く触れずにチェックできる魔道具を作りたい」

「はい」

「眷属《けんぞく》はいいのであるか?」

「狼《おおかみ》の獣人族にとって、眷属は一目でわかるからな」

「なるほどー。確かにそうであるな」

真面目《まじめ》な顔で考えていたモルスが言う。

「ですが、眷属も判別できるのならば、エリック国王陛下の王宮でも役立てられることになるのではないでしょうか」

「確かに。それもそうであるな!」

ケーテがうんうんとうなずく。

「そうだな、モルスの言うとおりだ。もし、可能なら眷属も判別できるようにしようか」

「了解いたしました!」

ケーテが魔法の鞄《かばん》から、素材を出しながら言う。

「材料はミスリルでよいのであるな?」

「材料まで用意してくれたのか?」

ダントン邸の魔道具に関しては、俺の鞄に入っているミスリルを使うつもりだった。

その後ほかの族長の屋敷に設置する魔道具の材料は改めて買えばいいと考えていたのだ。

「ケーテが用意したのではないのである。リーアがくれたのだ」

「そうだったのか」

リーアがくれたということは、つまり水竜からの贈り物だ。恩返しの一環なのだろう。

後で、族長たちにリーアからもらったと報告しておかねばなるまい。

それから俺たちは細かな仕様を話し合った。

予想通り水竜のモルスは結界に造詣《ぞうけい》が深かった。

そして、予想に反して、ケーテも錬金術に詳しいようだった。

「ケーテ、詳しいな」

「がっはっは。当たり前なのである。いっぱい勉強したのであるぞ」

ケーテが言うには、相当ドルゴにしごかれたらしい。

フィリーに錬金術の技量で後《おく》れを取ったことがショックだったのだろう。

「それにしても上達が早いな」

「ふっふっふ。竜ゆえなー」

竜は読書スピードが速い。そもそも頭の回転が一般的な人族よりもとても速い。

真面目に努力すれば、成長も早いのだろう。

意外とケーテが活躍してくれたこともあり、魔道具作りは順調に進んだ。


朝食後から魔道具作りを開始して、完成品一号ができたのはおやつの時間の前だった。

予定していたよりもずっと早い。

完成を見届けて、ケーテが大きく伸びをする。尻尾が緩《ゆる》やかに上下に揺れた。

「うーん！　いい感じにできたのである」

「そうだな。ケーテとモルスのおかげだ」

俺がそう言うと、モルスが丁寧に頭を下げる。

モルスの尻尾も緩やかに上下に揺れている。

「ありがとうございます。勉強させていただきました」

「ケーテも役に立ててよかったのである」

「がうがう！」

それまで部屋の隅で眠っていたガルヴが起きてきて尻尾を振る。

ガルヴなりに邪魔をしないように気を使ってくれていたのだろう。

「ガルヴも大人しくしていて偉かったぞ」

「がうーっがう」

ぴょんぴょん跳びはねている。

それなりに広い部屋だが、ガルヴが跳びはねるには狭すぎる。

「後で散歩に連れていってやるから、落ち着きなさい」

「がーう！」

俺はガルヴを落ち着かせて背中を撫《な》でながら、ルッチラにも目を向ける。

ルッチラは助手としてテキパキ手伝ってくれていた。

「ルッチラもありがとうな」

「いえ、ぼくはあまりお役に立てなくて……」

「そんなことはない。助かった」

「ココッ！」

ゲルベルガさまはルッチラの肩にぴょんと飛び乗り、羽で頭をふぁさふぁさする。

よくやったと褒めているようだ。

ケーテがルッチラの頭を撫でながら言う。

「ルッチラも錬金術に詳しいのであるなー。大したものなのである」

「いえ、ぼくなんて、まだまだです！」

「いや、確かにルッチラの知識は役に立った」

ルッチラは最近はフィリーの助手をしている。だから錬金術も勉強しているのだ。

そのうち魔法と錬金術を両方使えるようになるのかもしれない。

戦闘には魔法の方が役に立つ。だが、金になるのは錬金術だ。

ルッチラは将来、族長になって一族を復興させるのだ。

それには当然金がかかる。錬金術も学んでおいて損はないだろう。

俺はルッチラに魔道具を手渡した。

魔道具は金属でできていて、ゲルベルガさまより一回り小さいぐらいの大きさだ。

「ルッチラ。試しに起動してみてくれ」

「わかりました！」

――ブォン

起動と同時に、一瞬だけ低い音が鳴る。

これで、魔道具を中心として、人の身長の五倍ほどを半径とするエリアが影響下に入る。

この中に昏《くら》き者どもが入ると、鈴のような音が鳴るようになっているのだ。

「魅了された者だけ察知するより、昏き者全部まとめて引っかかるようにした方が簡単なのであるなー」

「はい。意外でした。勉強になります」

最初は魅了された者を察知する魔道具にしようとした。

だが、選別するのが想定よりもずっと大変だった。

それゆえ、まとめて察知することにしたのだ。

「まあ、魅了された者も察知できるから問題ないのである」

「そうだな。眷属やレッサーヴァンパイアも、中に入れていいわけがないからな」

「そうですね」

そんなことを話していると、ケーテのお腹《なか》がぐぅっと鳴った。

「ついつい、魔道具作りに熱中してしまったのである。お腹がすいたのだ」

「そうだな。お願いして、ご飯を食べさせてもらおうか」

「うむ！」「がう！」「ここっ」

ケーテ、ガルヴ、ゲルベルガさまが、嬉《うれ》しそうに返事をした。

第六章

俺《おれ》たちは魔道具製作用の部屋を出た。

すると、部屋の外で待っていた若い狼《おおかみ》の獣人が急いで駆けてきた。

「ロックさん。みなさん。作業は終わられましたか？」

「はい、おかげさまで」

「うむ、疲れたのだ」

「それでは、すぐにお食事をご用意いたしますので、食堂でお待ちください。それとも、こちらにお持ちした方がよいでしょうか？」

「いや、食堂でいただきます。ありがとう」

邪魔をしないよう食事ができても知らせずに、外で待っていてくれたのだ。

魔導士はどうしても熱中すると寝食を忘れる傾向がある。

「みんなと一緒に食事をとれなくてすまない。手間をかけさせた」

「いえ、お気になさらないでください！」

若い獣人は笑顔で返事をしてくれる。

ケーテがそんな若い獣人に向かって言う。

「おぬしは、ちゃんとご飯を食べたか？」

「まだですが、気になさらないでください。私たちは数日食べなくても大丈夫なので！」

「むむ。それは迷惑をかけたのである。一緒に食べよう」

「い、いえ！　そんな！　勿体《もったい》ないことでございます」

恐縮する若い獣人にモルスが言う。

「気にしないで大丈夫ですよ。せっかくですから」

「ケーテもモルスも無理に誘ったらだめだ。逆に気を使うかもしれないだろ」

「そうであったか……」「すみません」

慌てた様子で若い獣人が答えた。

「そんな、そんなことはないです。ではお言葉に甘えて……」

「それがよいのである！」


俺たちは食堂に入って席に座った。すると、すぐに料理が運ばれてきた。

料理を運んできたのはダントンだ。

モルスと若い獣人が慌てて席を立つ。

「ダントンさん。恐縮です」

「いやいや、気にしないでください！　暇だったので」

そう言ってダントンは笑いながらモルスに座りなおすように手で示した。

若い獣人はダントンに駆け寄ろうとした。

「申し訳ありません。私がやります！」

「気にするな。ずっと待機してたんだろう。休憩時間だ。座ってなさい」

「ですが……」

「いいから」

「はい。ありがとうございます」

若い獣人はやっと席に戻った。

それを見てダントンは満足げにうなずいた。

「ダントン、ありがとう」

「気にするな。ちょうど俺もおやつ代わりにパンでも食おうと思っていたところだからな」

若い獣人を無理やり誘ったことはダントンに言っておくべきだろう。

大丈夫だと思うが、後で怒られたりしたらかわいそうだ。

「俺たちが無理を言って、一緒にご飯を食べてくれとお願いしたんだ」

「そうか。よかったな、大英雄と一緒に食事をする機会なんてそうそうないぞ」

「は、はい！　光栄です」

ダントンは機嫌よく笑った。

若い獣人も嬉《うれ》しそうに答えている。

それから俺たちは遅めの昼食を食べた。

ゲルベルガさまやガルヴも用意されたご飯を美味《おい》しそうに食べていた。

ゲルベルガさまは神鶏《しんけい》なので机の上に乗って食べる。

ガルヴは俺の足元でガフガフ食べていた。

ダントンも俺たちに付き合うためか、パンを食べた。

「シア、ニア、それにセルリスはどうしてる？」

「訓練を張り切りすぎたみたいでな。子供たちと一緒にみんなで昼寝だ」

「それはいい。寝る子は育つというからな」

「それにしても、冒険者になったばかりのニアはともかくとして、シアの成長速度が異常だな。もう俺よりも強いかもしれん」

「シアが強くなっているのは確かだが、ダントンにはまだ勝てないだろう」

「まだ負けないという思いと、早く追い越してほしいと言う気持ちがある」

「複雑な親心ってやつだな」

ニアは初心者冒険者だが、シアはBランク冒険者だ。

Bは一流冒険者のランクである。成長が緩《ゆる》やかになるのは当然だ。

だから、シアやセルリスが急激に成長しているのは普通ではない事態ではある。

「若さってやつかね」

「それもあるだろうが……。ロックのおかげがでかい。ありがとう」

「俺のおかげってわけではなかろう」

「いや、ロックのおかげだ。超一流の戦いを間近で見られたら何よりの成長になる。それにロックとともにいることで強敵とも戦えている」

強敵と戦えば強くなる。

自分でとどめを刺せた方が成長しやすいが、ともに戦っているだけでも強くなれるのだ。

そう考えたら、シアもセルリスもニアも、いい具合に強敵と戦えていると思う。

「それもあるかもしれないが、何よりもシアの努力の結果だろう。褒めてやってくれ」

そう言うと、ダントンは嬉しそうに笑った。

そうしてしばらく食事をしながら雑談をしていると、思い出したようにダントンが言う。

「ロック。魔道具作りは順調か？」

「ああ、かなり順調だ」

「さすがロックだな。不足しているものなどがあったら、何でも言ってくれ」

「それも大丈夫だ。もう、一つだけだが完成した」

「なんと！」

ダントンが驚いて目を見開く。

確かに高等で複雑な魔道具を作るには時間がかかる。

しかも今回は一から開発したのだ。数週間かかったとしても早いといえるだろう。

昼食に出されたお肉をバクバク食べていたケーテが言う。

「さすがはロックなのである。我も非常に勉強になったのだ」

「私も勉強させていただきました」

そう言ったモルスは、丁寧に手でパンをちぎりながら食べていた。

ルッチラもうんうんとうなずく。

「ぼくもすごく勉強になりました。皆さんすごくて」

「こここ」

机の上に乗ってご飯を食べていたゲルベルガさまがルッチラに近づく。

そして、ルッチラの手を嘴《くちばし》で優しくつついた。

「ゲルベルガさまは、ルッチラもよく頑張ったと言っているぞ」

「ありがとうございます。ゲルベルガさま」

ルッチラに撫《な》でられると、満足したのかゲルベルガさまは俺の方に来る。

そして、俺の肩の上に乗った。ゲルベルガさまの皿を見ると、もう空だった。

「ゲルベルガさま、もうお腹《なか》いっぱいなのか？」

「ここ」

「パンでも食べるか？」

俺がパンをちぎって、ゲルベルガさまの口元に持っていく。

「こっこっ」

ゲルベルガさまは俺の手からパンを食べた。そんなゲルベルガさまはとてもかわいい。

思わず続けて、パンのかけらを食べさせてしまう。

「ここぅ」

パンを食べながら、ゲルベルガさまは羽をバタバタさせた。

ゲルベルガさまが楽しそうで、何よりだ。

俺の手からパンを食べまくっているゲルベルガさまを見て、ダントンが心配そうに言う。

「ゲルベルガさま。足りませんでしたか？　すぐにお代わりを持ってこさせますね」

「ココゥ！」

ゲルベルガさまが強めに鳴いた。

どういう意味で鳴いたのかわからなくて、ダントンが一瞬動きを止めた。

そして、ルッチラをちらりと見る。それを受けてルッチラが微笑《ほほえ》んだ。

「足りていますよ。ねっ、ゲルベルガさま」

「ここぅ」

ゲルベルガさまは、「うんうん」と伝えるかのように首を上下に動かした。

「ロックさんがくれたので嬉しくなって食べているだけですよ」

「そ、そうか。食べすぎになったらまずいか。夜ご飯を食べられなくなったら困るしな」

「こぅ？」

俺はゲルベルガさまにパンをあげるのを控えることにした。

ゲルベルガさまは、俺の髪の毛の中に頭を突っ込んだ。

一方、やっとガルヴも食べ終わったようだ。俺のひざの上にあごを乗せる。

「ふー、くぅん」

尻尾《しっぽ》を振って、何か食べ物をくれるのを待っているようだ。

「ガルヴ。大人しくしときなさい」

「くぅーん」

何か食べたそうに上目遣《うわめづか》いで見てくるが、俺はやらない。

もうガルヴはご飯を食べたのだ。

ガルヴはただの狼ではなく霊獣狼《れいじゅうおおかみ》なので、人間の食べ物を食べても害はない。

だが、我慢することも覚えさせた方がいいだろう。

だからご飯はやらずに頭だけ撫でておいた。

すると、ダントンがはっとしたように言う。

「大事な話が途中だったな。魔道具ができたというのは本当なのか？　いや疑ってはいないが……」

「ああ、完成した。モルスとケーテの能力が高かったからな」

「いえ！　ロックさんのおかげです」

「そうなのである」

互いに互いの能力を褒め合うということを、もう一度繰り返してから、ダントンに言う。

「とりあえず完成したのは一つだけだ。それをこの屋敷の入り口に取り付けさせてくれないか？」

「それは、こちらからお願いしたいところだ」

「助かる」

そして俺はダントンに魔道具の性能を説明した。

半径が人の身長の五倍程度。察知対象は昏《くら》き者どもすべて。

察知すれば鈴のような音が鳴る。その程度の軽い説明だ。

「昏き者どもを、すべて察知してくれるのか？」

「ああ、魅了された者だけ察知できればいいのはわかるんだが、逆に難しくてな」

「なるほど。魅了以外も察知してくれる分には助かるから大丈夫だ」


俺たちが昼食を食べ終わると、ダントンは族長たちを呼んできた。

族長が全員そろったところで、俺は改めて説明した。

説明の最後に、このあとの設置予定について伝える。

「今はまだ一つしかありませんが、すぐに量産できるでしょう」

「二、三日中には全部族に配れるはずであるぞ！」

ケーテがそう言うと、族長たちから口々にお礼を言われた。

その後、族長のなかでも特に若い一人がすっと手を挙げた。

「あのロックどの、質問があるのですが……」

「何でしょうか？」

「音が鳴るというのは、どのような音が鳴るのですか？」

「えっとですね……」

――リリリリリリリリ
「ちょうどこんな感じの音なのである！　な、ロック」

ケーテが笑顔でそう言った。

「その通りだ！」

返答と同時に、俺は肩の上に乗っていたゲルベルガさまを懐《ふところ》の中に入れながら走り出す。

部屋を出る直前、族長たちに向けて言う。

「子供たちをお願いします！」

「お任せを！」

さすがは歴戦の勇士ぞろいの族長たちだ。すでに事態を正確に把握している。

だが、ルッチラとケーテは驚いていた。

「ロ、ロックさん？」

「どうしたのだ？」

俺はそれには答えず、魔道具のある部屋へと走る。説明する暇を惜しんだのだ。

モルスは素早く動き、俺の後をついてくる。

「侵入者ですね」

「ああ」

モルスの言葉に、一言だけ返答して俺は走った。

モルスのさらに後ろからはガルヴが走ってついてきた。

魔道具を製作していた部屋は、ダントンの屋敷の隅にある窓のない部屋だ。

製作の都合上、日光の入らない部屋を選んでもらったのだ。

結果として、そこは侵入しにくい構造の部屋となっていた。

あっという間に部屋につく。魔道具が鳴ってから十秒も経っていない。

だが、部屋の中には誰《だれ》もいなかった。

「逃げられたか？」

「ですが、壁に穴もありませんし」

「ガルヴ、臭いをかいでくれ」

「ガウ」

臭いをかぎ始めたガルヴと魔法で探査し始めたモルスに痕跡調査を任せ、俺は魔道具を調べる。

魔道具は壊されていた。力任せに壊したといった感じだ。

鳴った音を止めるために破壊した。そんな印象を受けた。

一応、壊された魔道具を魔法の鞄《かばん》に放り込んでおく。

「どうしたのであるか？」

遅れてやってきたケーテがのほほんとした様子で言う。ルッチラは来ていない。

子供たちを頼んだ族長たちに、子供ということで保護されているのだろう。

「昏き者どもが侵入した。魔道具も壊されたようだ」

「なんと！　ここは狼の獣人族の屋敷であるぞ？」

「そうだな。ゆゆしき事態だ」

狼の獣人族の族長の屋敷。つまりは対ヴァンパイア戦最後の砦《とりで》だ。

そこに侵入してくるとは、大胆不敵と言わざるを得ないだろう。

俺が一番気になるのは、魔道具が間に合ったかどうかだ。

今回が最初の侵入ならば、魔道具は間に合ったといえるだろう。

初めての侵入に気づけたのだから。

だが、以前から侵入されていたのならば、今まで情報収集され放題だったということだ。

もはや出入りの業者とかを調べるまでもない。

「ガルヴ、モルス、侵入者がどっちに行ったかわかるか？」

「がうぅ」

「申し訳ないです」

懸命に臭いをかいでいたガルヴが困ったように鳴く。臭いを追えなかったのだろう。

魔法で探査していたモルスもわからなかったようだ。

「そうか。それならば仕方がない」

「どうするのであるか？」

不安そうにケーテが聞いてくる。

「少し待ってくれ」

「うむ。待つのである」
俺はケーテにそう言うと、すぐに魔力探知《マジック・サーチ》と魔力探査《マジック・エクスプロレーション》を同時に使った。
一気に広範囲を対象に魔法をかける。
魔力探知は魔力を持つ者全般の存在を探す魔法だ。広範囲を一気に調べられる。
だが、人間も魔獣も、昏き者も、魔力を持つ者は全員引っかかってしまう。
しかも、それがどのような種類の魔力かは調べられない。
わかるのは魔力を持つ者がいるということだけだ。
一方、魔力探査はどのような類の魔力か調べることができる。
だが、範囲魔法ではない。対象一つ一つにかけていくしかないのだ。
だから俺は魔力探知に引っかかった対象すべてに魔力探査をかけていく。
俺が魔力探知をかけた範囲は屋敷とその周囲の半径徒歩五分圏内だ。
引っかかった対象は五百ほど。
ほぼすべてが狼の獣人族と、飼育されている家畜たち、野生動物などだ。
それでも俺はその対象の五百相手に個別かつ同時に魔力探査をかけた。
そうして一つだけ昏き者の反応を見つける。すでに屋敷の外にいて離れつつあった。
もう猶予はない。
「ついてこい！」
「はい」「ガウ！」「わかったのである」

出口や近くの窓まで行く時間が惜しい。

俺は魔道具製作部屋の壁を魔法で破壊した。

「なっ⁉」「乱暴なのである！」

モルスとケーテが驚いて声を上げるが、俺は気にしない。

緊急事態なのだ。屋敷は後で修復すればいいだけだ。

侵入者を逃がすことの方がよろしくない。

どうせ、屋敷は後で魔法で強化する。その際に修理も一緒にすればよい。

俺は屋敷を飛び出し、昏き者どもの反応を追う。

近くにいるはずなのに、目に見えない。

恐らくレイス……、それも昏き者どものレイスだからダークレイスだろう。

レイスに遭遇したことはあるが、ダークレイスに遭遇したのは、俺も初めてだ。

「屋敷の強化を先にしておくべきだったかな……」

完成した魔道具を組み込んでから、屋敷を強化するつもりだった。

だが、もし先に魔法による強化が終わっていれば、ダークレイスも侵入できなかっただろう。

「Ｓｉｉｉｉｉｉｉｉ‼」

姿が見えないのに、声だけ聞こえた。

同時に黒き炎《ダーク・フレイム》が飛んでくる。魔力で保護した右手で受けてかき消す。

邪神の頭部が使ってきた暗黒光線《ダーク・レイ》と系統が似ている。

「かなり強力な魔法だな」

熱を持つ炎だが、炎属性に対する耐性をすり抜けることができる。

使い勝手はいいかもしれない。とりあえずラーニングしておいた。

「SIIIII！」

ダークレイスが悲鳴に近い声を上げる。驚いているようだった。

レイスは高い知能を持つ魔物だ。ダークレイスも同様に知能が高いのだろう。

黒き炎の魔法に絶対の自信があったに違いない。

「見えたな」

魔法が放たれる直前、ぼんやりとダークレイスの姿が見えた。

見えた姿は人型の黒い靄《もや》だった。

だが、魔法を放ち終えると姿が薄くなる。すぐに見えなくなった。

もっとも、目で見えなくとも、魔力探知の魔法があるので正確に位置を把握できてはいるのだが。

「さて、どうするか」

侵入者がヴァンパイアなら、拘束して尋問したいところだ。

だが、レイスは拘束するのが難しい。レイスの体は物質的なものでできていないのだ。

意思と魂を宿した魔素。それがレイスだ。

そして、ダークレイスは邪神がこの世に落とした残滓《ざんし》と言われている。

ダークレイスは魔素と呪《のろ》いで作られている。

「どうするのであるか？」

「結界は間に合いません！」

後ろから走ってきているケーテとモルスが叫ぶように言う。

水竜が得意な結界術なら、レイスの類であっても拘束できる。

だが、今は結界の準備ができていない。用意している間に逃げられるだろう。

俺はケーテたちの方を振り返らずに言う。

「とりあえず、できることをやってみる」

「わかった！　任せたのである！」

ダークレイスは一度魔法を放って、俺には通用しないと判断したのだろう。

全力で逃げようとしていた。

移動速度は決して速くはない。とはいえ普通の馬の駈足《かけあし》程度の速さはある。

もたもたしてはいられない。

俺はダークレイスの逃げる先に向けて魔法を放った。

ダークレイスの目の前に大きな光の柱が立ち上がった。

魔法というよりも、ただの魔力の柱だ。魔力弾の柱版である。

「まぶしいな」

自分で思っていたよりまぶしかった。加減を間違えたかもしれない。

「ＫＩＩＩＩＩＩＩＩ」

ダークレイスが目の前に立ち上がった魔力の柱に驚いて足を止める。

その瞬間。

後方から俺を追い抜き、ガルヴが飛びかかった。

「ガガウ！　ガウガウガウ！」

ガルヴはダークレイスの首辺りに牙《きば》を立てた。そのままねじ伏せる。

「ＫＩ⁉」

何が起こったのかわからない。そんな声をダークレイスが発した。

「なんと！」

「レイスに牙が通るとは！」

後方のケーテとモルスも驚いている。正直、俺も驚いた。

「ウーーーガウガウ！」

ガルヴはダークレイスを牙と爪《つめ》で押さえつけている。

ダークレイスの体は魔素で構成されている。物質ですらない。

臭いもまったくないし、魔法を放つ直前直後以外、目にも映らず音もしない。

だからダントンの屋敷の壁もすり抜けて、侵入することができたのだ。

狼の獣人族は目も耳もよく、嗅覚《きゅうかく》も鋭い。しかもヴァンパイアの精神系魔法が通じない。

それだけに、狼の獣人族、その族長の屋敷に入り込むには、レイスは最適な魔物と言えた。

だが、霊獣狼にとってはレイスもほかの魔物と同じようなものらしい。

「ガルヴはレイスを押さえられるのか……」

霊獣の狼。その特殊能力に違いない。

ガルヴの牙と爪、そして体も、ただの物質ではないということだ。

ガルヴが押さえ込んでくれている間に、俺は魔法の準備を終わらせた。

魔力の柱を変形させて、魔力の檻《おり》を構成していく。

檻は維持している間、ずっと魔力を消費する。しかも消費も激しい。だが仕方ない。

名前もついていないオリジナルの臨時の魔法。ダークレイス対策の非常手段だ。

九割がた魔力の檻を組み立て、ガルヴに言う。

「ガルヴ、もういいぞ」

「がう！」

ガルヴが飛びのくと、同時に魔力の檻を閉じた。

「ガルヴ、でかした。見事だ」

「がう！」

魔力の檻を維持するために、両手がふさがっているので撫でられない。

だから言葉だけで褒めておく。ガルヴは嬉しそうに尻尾を振った。

後で、撫でまくってあげよう。

すぐにケーテとモルスが追いついてくる。

「閉じ込めたのだな？」

「ロックさん。お見事です」

「ケーテとモルスにも、ダークレイスの位置がわかるのか?」

「魔力探知を使っていますので」

「我も魔力探知を使っておるからわかるのである。だが、平時には気づけないと思うのだ」

「魔力探知を使っていなければ、ケーテたちでも気づくことはできない。

ということは、高位の魔導士であっても魔法なしでは気づけないということだ。

魔力探知は魔力消費の少ない魔法の一つだ。だが、いつも発動しているわけではない。

狼の獣人族のほとんども魔力探知は使えない。当然侵入されても気づけまい。

改めてダークレイス対策を考えなければなるまい。

とはいえ、まずは目の前のダークレイスである。

「さて……」

果たして、ダークレイス相手に尋問することができるのだろうか。

もしくは、尋問せずに情報を得ることは可能だろうか。

そんなことを考えていると、ダークレイスが声を発した。

「ワレヲホバクスルトハ……」

「が、がう!」

「しゃべったのである!」

ガルヴとケーテが驚いていた。

「そりゃ、人族の言葉ぐらいわかるだろうさ」

「そうなのであるか？」

「ああ」

驚くケーテに俺は解説する。

人族の言葉を理解できないのならば、諜報《ちょうほう》活動をするのは難しい。

人族の書く文の読解と、発する言葉の聞き取りができるのは当然だ。

「聞き取りができるなら、発話ができてもおかしくない」

「なるほど」「がう」

ケーテとガルヴは納得したようだ。

「さて……」

会話ができるならば、尋問も可能だろう。

魔力の檻を維持したまま、俺はダークレイスに近づく。

「誰に命じられた？」

「……コタエルワケガナイ」

「今回で侵入したのは何回目だ？」

「…………」

「答えるつもりはないってことか」

やはり昏き者どもは口が堅い。

邪神の狂信者たちと考えれば、それも納得である。

「どうするのだ？」

「答えてもらえないなら、消えてもらうしかないな」

「やはりそうするしかないのであるな」

魔力の檻を維持するのには大量に魔力を使う。

とはいえ、俺の魔力は膨大だ。すぐに魔力が尽きて維持できなくなるといったことはない。

それでも、魔力の檻を維持したまま、昏竜《イビルドラゴン》クラスを相手にするのは面倒だ。

いつ急襲されるかわからない以上、無駄に魔力を使ってダークレイスの捕縛を維持する理由はない。

「最後に何か言いたいことはあるか？」

だから俺がそう尋ねたのはあくまでも一応だ。恐らく何も言わないだろうと思っていた。

だが、予想に反してダークレイスは口を開いた。

「オマエラハモウオワリダ」

「どういう意味だ？」

「オシエルワケガナカロウ」

「そうか。大規模な侵攻でも企てているのか？」

「…………」

それ以降ダークレイスは一言も発することはなかった。

情報を得ることをあきらめて、俺は魔法の槍《マジック・ランス》でダークレイスにとどめを刺した。

それから魔力探知と魔力探査を発動させて、念のため別の侵入者が周囲にいないか確認する。

「侵入してきたのはこいつだけか」

俺がそうつぶやくと、ケーテが言った。

「ダークレイスは死んでも魔石が出ないのであるな」

「ダークレイスもレイスも物体じゃないからな」

「なるほど。倒しがいがないのである」

「そうだな」

見つけにくいし、退治も難しい。苦労して倒しても魔石も出ない。

だから、冒険者にはレイス系は人気がないのだ。

「さて、ダントンの屋敷に戻るか」

なるべく早く、族長たちに報告しないといけないだろう。

俺《おれ》はダントンの屋敷に戻る前にガルヴを撫《な》でてやることにした。

「偉かったな、大活躍だ」

「がう！」

ガルヴの尻尾《しっぽ》がビュンビュン揺れた。

「だが、危ないから、気を付けないとだめだからな」

「ががう！」

「本当に無茶《むちゃ》はするな」

「がう？」

ガルヴは理解したのかしてないのかわからない様子で首をかしげていた。

後で、もう一度諭した方がいいかもしれない。

それから俺はゲルベルガさまに語り掛ける。

「ゲルベルガさま、大丈夫か？」

「ここぅ」

ゲルベルガさまは、俺の懐《ふところ》でずっと大人しくしていた。

「ゲルベルガさまにはレイスは見えたか？」

「こぅ」

ゲルベルガさまの返事からは、見えたかどうかわからなかった。

だが、神鶏《しんけい》さまだから見えていたとしてもおかしくはない。

その後、俺たちはダントンの屋敷に向かって歩いて戻る。

ケーテが歩きながら、ガルヴを撫でる。

「ガルヴには、ダークレイスが見えていたようであるな」

「そうだな。狼《おおかみ》の獣人族は気づかなかったようだし、霊獣狼《れいじゅうおおかみ》の特殊能力だろう」

「ガルヴの牙《きば》と爪《つめ》が通じていたのも驚きです」

モルスの言うとおりだ。基本的にレイスには物理攻撃は通じない。

俺の使う魔神王の剣やエリックの聖剣、ゴランの魔法の剣なら通じるだろう。

水竜の王太女リーアから、俺と族長たちがもらった短剣も通じるはずだ。

だが、普通の剣はレイスにもダークレイスにも通じない。

「シアやセルリスの剣は通じるのだろうか……」

「微妙なところであるな」

シアの剣はヴァンパイアロード第六位階から奪った剣だ。

そして、セルリスの剣はヴァンパイアハイロードから奪った剣である。

耐久度も切れ味も素晴らしい剣だ。普通の剣ではない。

だが、レイスに通じるかは別問題だ。

「改めて二人の剣に魔法をかけるべきかもしれないな」

「それがいいと思うのである」

モルスが真剣な表情で言う。

「ですが、セルリスさんたちの剣も普通の剣ではないですよね」

「そうだろうな。ヴァンパイアロードやハイロードから奪った剣だからな」

「すでに魔法がかかっているのならば……。魔法を加えるのは難度が高いかもしれません」

確かにそうだ。だが、ケーテとモルスの協力があれば何とかなるだろう。

「モルス。ケーテ。その際は協力を頼む」

「はい、お任せください」

「任せるのである！」

「とはいえ、シアたちにはレイスが見えないし、気づけない。それが問題だな」

「そうであるなー」

そんなことを話していると、モルスが少し考えてから言った。

「レイス戦用の魔道具を開発するしかないかもしれませんね」

「そうだな。今回作った探知の魔道具を応用すれば何とかなるか」

「携帯可能にするために小型化しないといけないのが大変ですが……」

「結構難しいのである。近くにいるというのが判断できるだけではだめなのだからな」

「うーむ。確かにな」

ダークレイスと戦うには相手の位置を特定できなくてはならない。

そのような機能は今回作った魔道具にはないのだ。

「ううむ……厄介《やっかい》かもしれないな」

「そうであるなー」


そんなことを話していると、ダントンの屋敷に到着した。

俺の空けた壁の穴が目に入る。まずはあの穴から修繕しなければなるまい。

俺たちは壁の穴から入って、ダントンたちの待つ食堂へと移動する。

シア、ニア、セルリス、ルッチラや子供たちも食堂に集まっていた。

非常時ということで、子供たちを集めて守っていたのだろう。

「ロック！　どうだった？」

「侵入者は退治したが……壁に穴を空けてしまった」

「壁の穴など気にするな」

俺はルッチラにゲルベルガさまを丁寧に両手で手渡す。

「非常時ゆえ、俺と一緒にいた方が安全かと思ってな。ついてきてもらった」

「はい。わかっています。ご配慮ありがとうございます」

「ここ」

ルッチラはゲルベルガさまを胸に抱いてやさしく撫でた。

俺はダントンや族長たちに向けて言う。

「話さなければならないことがありますが……。壁の穴をふさいでからにしましょう」

「ロック。それはほかの敵の侵入を警戒してのことか？」

「そういうことだ」

壁をすり抜けるダークレイスが相手では壁があっても意味がない。

とはいえ、敵はダークレイスだけではないのだ。壁は大切だ。

「とりあえず、応急処置で壁の穴をふさぐつもりだが、いいか？」

「それは、助かるが……。資材があっただろうか……」

「資材については心配するな。俺の屋敷を補修したりした時に使った資材が余っている」

「あたしも手伝うであります」「私も手伝うわね！」

「私も！」「ぼくも！」

シアとセルリス、ニア、ルッチラが手伝いを申し出てくれた。

「魔法も使うのであろう？　ならば我も手伝おう」

「私も微力ながらお手伝いさせていただきます」

「それは心強い」

ケーテとモルスも手伝ってくれることになった。

「助かる。じゃあ、シアとセルリスは石の積み上げを頼む。ルッチラとニアはモルタルだ」

「「はい！」」

俺は魔法の鞄《かばん》から資材を取り出し、シアたちと手分けして壁の穴を埋めていく。

なんだかんだで、壁の補修は結構やっている気がする。

ダントンも手伝おうとしてくれたが、慣れている俺たちに任せてもらった。


一方、俺は作業をしながらケーテとモルスに言った。

「ケーテとモルスは屋敷を見回ってくれないか？」

「わかったのである。侵入者がいないとも限らぬしな」

「了解です。ついでに簡易的に強化の魔法をかけておきましょうか？」

簡易的な強化魔法であれば、物理的な防御力の向上はほとんど見込めない。

だが、壁に魔法をかければ、ダークレイスが通り抜けにくくなる。

応急処置としてはいいだろう。

念のため、俺は屋敷の主、ダントンに尋ねる。

「侵入者防止のために屋敷に強化の魔法をかけてもいいか？　一応壊れにくくはなるが……」

「ああ、願ってもない。ぜひ頼む」

それを聞いて、モルスがダントンに丁寧に頭を下げた。

「許可ありがとうございます。任されました」

そうして、ケーテとモルスが屋敷の中の巡回に向かってから、俺たちは改めて作業に戻った。

「もともとの壁と素材が違うから、少し目立つが……、応急処置として我慢してくれ」

「応急処置といっても、耐久性も強度も、耐熱耐火とか、あらゆる面でもとより優れているでありますよ」

「とはいえ見た目がよくないからな」

そんなことをシアと話していると、後ろで見ていたダントンが言う。

「応急処置と言わず、ずっとこのままにしておいてほしい。ロックが直した壁なら、子々孫々への自慢になる」

「自慢にはならないだろう」

「いや、自慢になる」

ダントンが断言するので、結局壁はつぎはぎな見た目のまま残しておくことになった。


壁の補修を終えた後、俺はダントンたちと皆のいる食堂に向かった。

その途中で俺はダントンに尋ねる。

「族長たちは全員食堂にいるのか？」

「ああ、そのはずだ」

それなら全員に同時に説明することができる。手間がかからなくて助かる。

食堂に到着すると、族長たちのほかに子供たちや若い衆がいた。

見回りを終えたケーテとモルスも先に食堂に到着していた。

「ケーテ、モルス、どうだった？」

「大丈夫である。ほかに侵入者はいなかったのだ」

「一応、壁と屋根に強化の魔法をかけておきました」

「ありがとう。お疲れさま」

「いえ、大したことでは……。それに効果もあまり期待しないでください。長続きするものではありませんし、上位のダークレイスの透過を防げるものではないです。気休め程度だと思っていただければ」

「それでもないよりはずっとましだ」

俺たちの会話に族長たちが反応する。

「ロックどの、侵入者はダークレイスだったのですか？」

「はい」

俺は子供たちに目をやった。視線で子供たちの前で詳しい話をしていいか尋ねたのだ。

それに気づいたモルスが言う。

「ロックさん、子供たちは、ここで私が見ておりますので……」

「助かる。では、詳しく話す前に場所を移しましょうか」

俺は子供たちに気を使ってそう言ったのだが、ダントンが首を振った。

「いや、ここで構わない」

「だが……」

「我らは赤子のころから戦士だ」

俺は子供たちの顔を見た。どの子も真剣な表情をしていた。

小さくても覚悟が決まっているようだ。

ニアやシアのように、狼の獣人族は小さいころに冒険者となることは知っていた。

だが、ここまでとは思わなかった。

「すまない。つい侮ってしまっていたようだ」

「気にするな」

それから俺は改めてダークレイスに侵入されたことを報告した。

マイナーな魔物であるダークレイスについても、一応解説しておいた。

「ガルヴはダークレイスを知覚できるようなのですが……みなさんはできますか？」

「臭いも音もないのですよね？　無理です」

「非常に厄介ですね……」

族長たちが深刻そうな表情になった。

それを吹き飛ばすように、ダントンが明るく言う。

「だが、情報漏洩《ろうえい》の原因がわかったな」

ダントンは空気が悪くならないよう、無理に明るく言っているのだろう。

「確かにそうだな。となれば、屋敷にダークレイスが侵入できないようにした方がいいな」

俺がそう言うと、ケーテがうなずく。

「うむ。大急ぎで族長たちの屋敷に魔法をかけて回った方がいいのである、モルス。水竜の結界を応用して何とかできぬか？」

「そうですね。水竜の集落クラスの結界を張るには材料が足りませんが……。ダークレイスの侵入を防ぐ程度ならば……」

「まあ、かなり難しいが……何とかするしかないか」

俺がそう言うと、モルスとケーテもうなずいた。

一方、ダントンが驚いた表情になる。

「ロックでも難しいのか？　いや、ロックにも難しいことがあるのか？」

「そりゃあるぞ。今日の件だってケーテとモルスに協力してもらわないと不可能だし、協力してもらってもかなり難しい」

不可能ではないだろう。だが、厄介なのは間違いない。

「まあ、我らの力をもってすれば問題ないのである」

「そうですね。きっと何とかなるのではないでしょうか」

そう言うケーテとモルスは楽観的だ。二人に自信があるのならきっと大丈夫だろう。

「とりあえず、結界を優先する方向でやってみましょう」

「お願いします」

とにかく結界の準備から急いで進めることになった。魔道具などは後回しだ。

ダークレイスは厄介だが、戦闘能力自体はそれほど高くはない。

「魔法を放つ瞬間に姿が見えるのなら、何とかなるだろう」

族長たちはそんなことを言う。

族長はシア以外、Aランク、つまり超一流の冒険者だ。それに魔法の武器も持っている。

族長クラスならダークレイスも倒せるだろう
族長クラス以外はダークレイスに遭遇したらひたすら逃げるということに決まった。

大まかな方針が決まると、族長たちは自分の屋敷に戻っていった。

第八章

ダークレイス相手にできることは少ない。とはいえ、緊急事態だ。

族長たちはそれぞれ自分の屋敷で対応することになった。

俺《おれ》も一応、エリックとゴラン、そして水竜の集落にいるドルゴたちに報告する。

ダークレイスの存在は知らなければ対応が難しいからだ。

報告が済むと、俺とケーテ、モルス、ルッチラは作業部屋に移動した。

そして、族長の屋敷に展開する結界の準備に入る。

ゲルベルガさまとガルヴが俺たちの様子を真剣な目で見つめていた。

結界づくりに興味があるのかもしれない。

そんな中、モルスが言う。

「コアを作って、展開させた方がいいですね。問題は材料ですが……」

「魔石ならあるが……必要か？」

「ミスリルとオリハルコンでよければ、ある程度持っているのである」

「助かります。それらがあれば何とかなると思います」

それから三人で設計を進めた。だが、思ったよりも難航した。

昏《くら》き者どもを察知するだけでなく侵入を防がなければならない。

いわば、簡易的な神の加護、もしくは水竜集落の結界のようなものだ。

簡単なわけがない。

「こうすれば、一応必要な機能は満たせるが……」

俺が提案すると、ケーテが顔をしかめる。

「うーむ。これだと強度が不足しておるのである」

察知はできるし、侵入も防げる。ただし結界そのものを壊される可能性があるようだ。

「ですね……。賢者の石があればいいのですが……」

「賢者の石か。フィリーに頼めば融通してもらえるかもしれないが……」

賢者の石は貴重で高価なものだ。フィリーでも容易に量産はできない。

そんなことを話していると、ルッチラが言った。

「それならば、ゲルベルガさまの羽で何とかなるのでは？」

「ココゥ？」

ゲルベルガさまが驚いて、びくりとした。

少し怯《おび》えた表情でこちらを見る。

「ゲルベルガさま。安心してくれ。無理やり引っこ抜いたりはしないからな」

「そうです。嫌がることはしませんよ」

「こぅ」

俺とルッチラの言葉で、ゲルベルガさまは安心したようだった。

そんなゲルベルガさまにモルスとケーテが近寄る。

「……ゲルベルガさま、少しよろしいですか？」

「引っこ抜かないのである。見るだけなのであるぞ」

「ここぅ」

ゲルベルガさまが小さく鳴いて俺の胸元《むなもと》に飛んできた。

俺が抱きしめると安心したようだ。

「ここ」

「見るだけならばよいとおっしゃってます」

「ゲルベルガさま。ありがとうございます」

ルッチラからそう言われて、ケーテとモルスはゲルベルガさまの羽を調べ始めた。

その様子はまるで毛づくろいのようだ。

「こぉ」

ゲルベルガさまも少し気持ちよさそうだった。

「確かに魔力とかいろいろ総合的に考えて、ゲルベルガさまの羽をコアにすればいけるかもしれませんね……」

「そうであるな……」

「ここここぉ」

ゲルベルガさまがまた少し怯えた声を出したので、やさしく撫《な》でる。

「そんなに怯えなくていい。無理やり抜いたりしないから」

「がう……？」

心配したのかガルヴが近寄ってゲルベルガさまをぺろぺろ舐《な》めた。

俺はガルヴの頭も撫でてやる。するとふと気づく。

「ガルヴの毛、いや爪《つめ》でもコアにできそうだな……」

「そうであるな！　ガルヴは霊獣であるからな！」

ガルヴの爪は普通の爪ではない。ダークレイスを捕らえることのできる爪だ。

「なるほど、確かに！」

「ががう？」

ガルヴは驚いて声を出すと、猫のように香箱座《こうばこずわ》りをして前足を隠した。

「がぅー」

「安心しなさい。爪をはがしたりするわけじゃない。先っちょを少し切らせてもらうだけだから」

「痛くないし、血も出ないから大丈夫だ」

「……がう」

俺がそう言うと、ようやくガルヴはおずおずと前足を出してくれた。

ケーテとモルスと一緒にガルヴの前足を見る。爪はあまり伸びていない。

「伸びていないのである」

「やっぱり散歩をたくさんしてるから削れてるんだろうな……」

「これでは、必要な量の爪を切ったら……」

血が出てしまうだろう。だがモルスはガルヴを怯えさせないよう口には出さなかった。

「ガウ！」

それでも、ガルヴはモルスが何を言おうとしたのか気づいたようだ。

また香箱座りに戻る。

「安心しなさい。痛いようなことはしないからな」

俺はガルヴを安心させるように頭を撫でた。

たとえ素材が必要だったとしても、ガルヴに痛い思いをさせたくはない。

「フィリーに言って、賢者の石をほんの少しだけ融通してもらうか」

「それしかないのである」

「ココココッ！」

そのとき、俺が抱いていたゲルベルガさまが突然鳴いた。

「ゲルベルガさま、どうした？」

「コゥ！」

不思議に思って尋ねると、ゲルベルガさまは背中の方を向いて、自分の羽を嘴《くちばし》で一本抜いた。

そして、その羽を咥《くわ》えたまま、「ここ」と鳴いて首をかしげる。

「ゲルベルガさま、ひょっとしてくれるのか？」

「こぅ」

「ありがとう。痛くないのか？」

「こっこ」

「ゲルベルガさまも、換羽《かんう》しますからね。自然と抜け落ちる直前の羽なら大丈夫なのだと思います」

「そうなのか」

「こぅこぅ」

結局、ゲルベルガさまは五本ほど羽をくれた。

「ゲルベルガさま、助かったのである！」

「ありがとうございます。ゲルベルガさま」

「こっこ」

ケーテとモルスに感謝されて、ゲルベルガさまも少し嬉《うれ》しそうだった。

そのおかげでガルヴに爪の先だけ提供してもらえれば大丈夫になった。

「ガルヴ、ほんの少しだけ、爪の先をくれないか？」

「……がぅ」

俺がもう一度頼み込むと、恐る恐るといった感じでガルヴは前足を差し出してくれた。

「ありがとう」

俺は慎重にガルヴの爪の先を魔法で切り取る。

――ガチン
ガルヴの爪は非常に硬いので、切り取る瞬間、大きな音が鳴った。

「きゃうん！」

痛くないはずだが、びっくりしたのかガルヴは声を出した。

念のために聞いておく。

「ガルヴ。痛かったか？」

「……がう」

ガルヴは申し訳なさそうに耳をぺたんとさせて、尻尾《しっぽ》も力なく垂れさがらせた。

やはり痛くはなかったらしい。びっくりして悲鳴を上げたことが恥ずかしいのだろう。

だが、確かに音は大きかった。びっくりするのは仕方のないことだ。

「なるべく早く済ませるからな」

「がぅ」

そして、俺はガチンガチンと爪の先を切り取っていく。

そのたびにガルヴはびくりとした。

ガルヴは子狼《こおおかみ》だが、巨大なのでそれに比例して爪も大きい。

切り取った先は俺の小指の爪の半分ぐらいの長さはあった。

それが二十だ。充分だろう。

「狼爪《ろうそう》は他の爪に比べて比較的伸び気味だな」

俺がそう言うとケーテが笑う。

「ガルヴは狼なのだから、全部狼爪といっていいのである」

「そうだな、犬の狼爪にあたる爪といった方がいいかもしれない」

そんなことを言いながら、俺はガルヴの爪を切り終わった。

「ガルヴ、よく頑張ったな！」

「偉いのである」「さすがです！」「ガルヴは偉いね！」「こここ」

俺が褒めると、ケーテ、モルス、ルッチラ、ゲルベルガさまも一緒に褒める。

みんなに次々褒められて、ガルヴは嬉しそうに尻尾を振った。

「がうがぅ」

そして部屋の中をぐるぐる歩く。爪の具合を確かめているのだろう。

「どうだ？　大丈夫か？　違和感とかないか？」

「がう！」

ひと声鳴くと、ガルヴは俺の両肩に前足を乗せて、顔をべろべろ舐めてきた。

甘えているのだろう。とりあえず、撫でてやった。

ガルヴは、どうやら大丈夫らしい。一安心だ。

これで材料がそろった。

俺はガルヴの爪の先、そしてゲルベルガさまの羽を机に並べる。

その横に魔法の鞄《かばん》から取り出した魔石を置いた。

強力な魔物を討伐《とうばつ》した際に得た高級な魔石だ。

さらにその横に、ケーテがオリハルコンとミスリルのインゴットを置いていく。

それを見ながら、モルスが言う。

「これだけの材料があれば、よい魔道具が作れそうです」

「うむ。張り切って作るのである！」

そして、俺たちは魔道具作りに入った。

昏き者どもの侵入を防ぐ結界を発生させる魔道具だ。

屋敷周辺を覆《おお》えるほどの能力が必要だ。ダークレイスの侵入を防げるだけの強度も欲しい。

製作の途中で手伝ってくれていたルッチラが尋ねてくる。

「この魔道具はどのくらいの強さの敵を防げるのですか？」

「うーん、ダークレイスは防げるのである。あと魅了されたやつとか眷属《けんぞく》とかも防げるのだ」

「ヴァンパイアは防げますか？」

「ヴァンパイアはレッサーも難しいのである。ゴブリン程度なら防げるかもしれぬが……」

ルッチラはそれを聞いて驚いたようだ。

「レッサーも難しいのですか？」

「神の加護とは違うからな。ダークレイスは体が魔素でできているから結界でも防ぎやすいんだが、物質の体を持っているやつはそうそう防げないな……」

「そうなのですか」

俺がそう答えると、ルッチラは少しがっかりしたようだった。

とはいえ魅了にかかった者とダークレイス以外であれば、狼の獣人族は見つけられる。

だから見つけられないやつの侵入を防げれば、最低限の機能としては合格だ。

「屋敷の壁を強化すれば、物理的な体を持つ者なら大体防げるから大丈夫だろう」

「そうですね！　ロックさんの屋敷とか秘密通路にかけてるものですね」

「そうそう」

そんなことを話しながら俺たちが作業に熱中していると、扉がノックされた。

「はい、入って大丈夫ですよ」

「お邪魔するであります」

入ってきたのはシアだった。

「どうした？」

「お邪魔して申し訳ないでありますが……。そろそろ夕ご飯を食べた方がいいであります」

「もう、そんな時間か」

「いえ、とっくにそんな時間は過ぎているでありますよ」

なんと、気づかぬうちに深夜になっていたようだ。

最初の試作品ができたのがおやつの時間。

それから、遅めの昼食をとり、ダークレイスの襲撃を撃退した。

そのうえ壁を修復し、魔道具作りに入ったのだ。その時点で日は沈んでいる。

よく考えたら、夜も更けて当然だ。

俺たちはともかく、成長期のルッチラはご飯をしっかり食べるべきだ。

そしてよく眠るべきだ。

「せっかくだ。夜ご飯をいただこうかな」

「それがいいであります！」

「一度手を止めたら、すっかりお腹《なか》が減ったのである！」

ケーテも嬉しそうに尻尾を揺らす。

「急いだ方がいいのは確かですが……。空腹と睡眠不足はクオリティの敵ですからね！」

モルスもそう言ってうんうんとうなずいた。

そして、俺たちは夕ご飯を食べて、風呂《ふろ》に入ってひとまず寝た。


次の日、俺は夜明けごろに起床した。すぐに横で寝ているガルヴを起こす。

「ガルヴ、散歩に行くぞ」

「……がぅ」

ガルヴは眠そうに、やる気なさそうな返事をした。

「今日は魔道具作りが忙しいからな。今ぐらいしか散歩に行ける時間がないんだ」

「がぁぁーぅ」

俺がそう言うと、ガルヴは大きな口を開けてあくびをして、伸びをした。

そして、俺たちは朝の散歩に出かけた。シアとニア、それにセルリスもついてきた。

シアたちも早起きして訓練していたのだ。

「ががうがう！」

眠そうだったガルヴも途中から楽しそうにはしゃぎ始めた。

だが、今日はあまり長く散歩はできない。

「ガルヴ、今日はそろそろ戻ろう。仕事があるからな」

「がぅぅ」

少し残念そうだが、ガルヴは素直に言うことを聞いてくれた。とても賢い子狼だ。

その後、朝ごはんを済ませると、俺たちは魔道具製作の続きに入った。

ケーテもモルスも、そしてルッチラも懸命に働いてくれた。

そのおかげで昼過ぎには無事、十二の魔道具を完成させることができた。

「これで、狼の獣人族、主要十二の部族すべてに配れるのである」

「そうだな。この屋敷に設置したら、なるべく早く配りに行こう」

「うむ。移動は我に任せるがよい！」

そして、俺たちはまずダントンの屋敷に魔道具を設置した。

ダントンが設置する様子を真剣な表情で見つめてくる。

「よし、これで設置完了だ」

「ものすごく助かる。ロック。それにケーテさんもモルスさんも、本当にありがとうございます」

「気にしなくていいのであるぞ！　我も非常に勉強になったのである」

「お役に立てたのならとても嬉しいです」

ケーテもモルスも嬉しそうだった。

その後、俺はダントンに魔道具について説明をした。

「これでダークレイスは侵入不可能だ。そしてはじいた瞬間、音が鳴る」

「侵入不可能？　それはすごいな」

「ゲルベルガさまの羽を使っているからな。あとガルヴの爪も」

「さすがは神鶏《しんけい》さまだな……。ゲルベルガさま、ガルヴありがとうございます」

「コゥ！」「がうがう」

ゲルベルガさまは羽をバサバサさせた。ガルヴも自慢げに尻尾を振っている。

「ロック。俺たちが気を付けないといけないことはなんだ？」

「そうだな。魔道具自体は置いておけば勝手に作動し続ける。それで、もし音が鳴れば近くにいるから……」

「倒しに行けばいいってことか？　それは便利だな」

「ああ、それと屋敷の周辺は覆えているが、集落の全体を覆えているわけではない」

「ふむ。集落に入られても必ずしも作動するわけではないってことだな？」

「そうだ。集落の端の方は作動しないものと思ってくれ」

「わかった。すごく助かる」

そこで俺は大事なことを思い出した。

壁も強化しておいた方がいいだろう。モルスが強化の魔法をかけてくれてはいる。

だが、急いでかけたので長続きしない弱いものだ。

「屋敷の壁に改めて強化の魔法をかけておこう」

「いいのか？　手間ではないか？」

「いや、大した手間ではない。気にするな。魔道具を破壊しに来られたときにも壁が強化されていれば少しはもつからな」

「とても助かる。ロック。ありがとう」

ダークレイスは魔道具が確実にはじく。

だがアークヴァンパイアなどが強引《ごういん》に突破し、魔道具を破壊しに来るかもしれない。

それを防ぐためには屋敷の壁を強化しておく必要がある。

俺はケーテとモルス、ルッチラに言う。

「強化の魔法をかけるから、見ていてくれ」

「わかりました。ロックさんの魔法を間近で見られるのはこの上ない喜びです」

「我も勉強するのだ！」

「はい。ぼくも頑張ります！」

そうして俺はみんなにわかりやすいように、少しゆっくり壁に強化魔法をかけていく。

ケーテとモルスはもちろん、ルッチラも真剣な表情で俺の魔法を観察していた。

向上心があっていいことだ。ルッチラにも理解しやすいように、さらにゆっくり丁寧にする。

「こうすると、耐久度が上がるんだ」

「ロックさん。持続性を高めるにはどうすればよいのでしょうか？」

モルスから質問された。

「ああ、モルスのかけた強化魔法は効果が短いんだったな」

「はい、二、三日はもつのですが、それ以上もたせようとすると強度面が不安になります」

「その場合は、強化の部分はそのままにして、ここをこうすると……」

俺は実際に魔法をかけてみせる。

俺の屋敷や、俺の屋敷から王宮への秘密通路にかけたものと同じだ。

ヴァンパイアだろうが、魔導士だろうが、これでそうそう入れるものではない。

「こうすれば強化魔法の効果が永続になる。王宮の宝物庫にかける強化魔法の原理と同じだ」

「だが、あれは宮廷魔導士どもが数か月かけて施すものであろ？」

「それは魔力が足りないからだな。モルスやケーテの魔力は宮廷魔導士よりずっと多いだろう」

「なるほど、そうであったかー」

風竜も水竜も竜の最上位種だ。

その中でも特に強力な王族であるケーテとモルスの魔力は人間の魔導士の比ではない。

宮廷魔導士が数か月かかることを、数分で行うことができるだろう。

「ぼくには、数分でかけるのは難しそうです」

ルッチラは少し残念そうだ。だが仕方ない。竜の王族と同じことができる方が異常なのだ。

「そうか。まあ時間をかけてでも似たことができるなら、今はそれでいい」

「はい、頑張ります」

ルッチラは成長期。そのうち魔力も成長するだろう。

そうなれば、できることはどんどん増えるはずだ。

俺はケーテとモルスを見る。

「まあ、こんな感じだ。ケーテ、モルス、できそうか？」

「お任せください。やってみます」

「とりあえず、やってみるのである。おかしなところがあったら言ってほしいのである」

モルスは自信があるようだ。ケーテはとりあえずやってみる派のようだった。

モルスとケーテはそれぞれ魔法をかけていく。ケーテもモルスも理解が早い。

あっという間に壁に魔法をかけていく。

「ロックさん、どうでしょうか？」

「我の魔法はどうであるか？」

「ケーテもモルスも完璧《かんぺき》だ」

「がっはっは！　そうであるかー」

「ロックさんにそう言ってもらえると嬉しいですね」

そうして半分ほど強化が終わったところで、

「後は私の方でやっておきますので、皆さんは他の屋敷に魔道具を届けに行ってください」

モルスがそんなことを提案した。

第九章

狼《おおかみ》の獣人族の族長の屋敷に魔道具を設置して回るのはとても大切だ。

なるべく急いだ方がいいだろう。

だが、三人がかりでダントンの屋敷の魔法を強化してから出発してもいい。

そうすれば、三人でほかの族長の屋敷も強化できる。

俺《おれ》はそんなことをみんなに言ってみた。

だが、モルスは首を振る。

「いえ、皆さまケーテ陛下の背中に乗っていかれるのでしょう?」

「そのつもりだが……」

「私は陛下の背に乗るわけにはいきませんので」

「む? 我はまったく気にしないし、構わぬぞ?」

「いえ、さすがに……。私が陛下の背に乗るのは不敬がすぎましょう」

モルスはそう言って深く礼をする。

竜の文化は知らないが、そういうものらしい。

「ケーテは気にしないって言ってるんだから、いいんじゃないか?」

「いえ、そういうわけにはまいりませぬ」

「そうか」

竜の文化的には、王の背に乗るというのは、ものすごいことなのだろう。

それでも、俺が強くお願いすれば、ケーテの背に乗ってくれるかもしれない。

だが、竜の文化を知らない俺が、竜のモルスに強要すべきではないだろう。

「まあ、気持ちはわからなくもないのである。ではモルスは留守番しておくがよい」

「承知いたしました」

ケーテがそう言うと、再びモルスは深々と頭を下げた。

「じゃあ、モルス、ダントンの屋敷の強化は任せた」

「はい、お任せください」

そして、俺はダントンに言う。

「獣人族の族長の屋敷がどこにあるのか知っている者に案内を頼みたいのだが……」

「おお、そうだな。少し待っていてくれ」

そう言ってダントンはシアを呼んできた。ニアとセルリスもやってくる。全員汗だくだ。

「それならシアに案内させよう」

「あたしに任せてほしいであります！」

汗だくのシアが笑顔でそう言った。

恐らく、セルリスとニア、子供たちと今まで訓練を続けていたのだろう。

それを見ていたケーテが真剣な表情を見せる。

「むむう。シアたちはいったん風呂《ふろ》に入った方がいいのである」

「大丈夫であります！」

元気に返事をするシアにケーテは冷静に言う。

「いや、上空は寒いのである。それに急いで飛ぶゆえ、風もあるのである」

「風呂はともかく、汗は拭いて着替えた方がいいな。身体が冷えるのはよくない」

ケーテと俺の言葉で、シアたちは納得したようだった。

シアたちは自室へと走っていった。そしてすぐに戻ってきた。

汗を拭いて着替えてきたらしい。

「お待たせしたであります」

「ほかの族長の屋敷を見られるのは楽しみだわ！」

セルリスも当然ついてくるつもりらしい。別に断る理由はない。

「魔道具を設置して回るだけだから、楽しいことはないかもしれないが……」

「そんなことないわ！　屋敷の場所を知っておくのも、将来的に役に立つかもだし」

狼の獣人族の族長の屋敷はヴァンパイアとの戦いの最後の砦《とりで》になりうる場所だ。

確かに知っておいて損はない。

「じゃあ、みんなで行くか。ケーテ頼む」

「わかったのである。少し待つのであるぞ」

そう言って、ケーテは走っていった。

竜形態に戻る際、服を脱ぐので、外の物陰に向かったのだろう。

俺たちもダントンの屋敷を出て、ケーテを待つ。

すると少し離れたところに、竜形態のケーテが現れた。

「すっごーい」「かっけー」

訓練していた子供たちが、ケーテを見て大喜びする。

やはり、竜形態のケーテは子供に人気らしい。

「待たせたのである！」

「きゃっきゃ」「わーい」

戻ってきたケーテに子供たちがまとわりつく。

「こらこら、子供たち。歩きにくいではないか」

そう言いつつも、ケーテの尻尾《しっぽ》は嬉《うれ》しそうに上下に揺れていた。

「……いいな」

セルリスがそんなケーテを見てつぶやいた。

子供に人気のケーテがうらやましいのだろう。

「こらっ！　ケーテさんの迷惑でありますよ！」

「そうだぞ、お前たち、邪魔しないで大人しくしときなさい」

シアとダントンに軽く叱《しか》られて、子供たちがケーテから離れる。

ケーテは少し寂《さび》しそうだった。

「待たせたのである。我の背中に乗るがよいぞ」

「おう、助かる。ガルヴはどうする？　お留守番していてもいいが……」

「ガウガウ！」

ガルヴは置いていかれてたまるかとばかりにケーテの背に素早くぴょんと飛び乗った。

一転、ケーテが楽しそうに言う。

「お、我が背中への一番乗りはガルヴであるか」

「がう！」

「ゲルベルガさまは俺の懐《ふところ》に入っていてくれ。ケーテが飛ぶと向かい風が強いからな」

「ここ」

俺の言葉を聞いて、ゲルベルガさまも俺の懐に入ってくれた。

そして、俺たちは順にケーテの背に乗っていく。

ルッチラは俺が抱えて背に上り、シア、ニア、セルリスは自力で上る。

全員が背に乗ったのを確認すると、ケーテは一気に空へと飛び上がった。

「ケーテさん、一番近いのはあっちの方角で……」

「なるほど。あれであるな。我の目にはもう見えているのであるぞ！」

そう言って、ケーテはすぐに移動を開始した。

「ケーテは目がいいんだな」

「当然である。高く飛んで空から地上を眺めていると、目がよくなるものである」

「そういうものか。まあ、鷹《たか》とかも目がいいっていうもんな」

「うむ」

ケーテは飛びながら嬉しそうに尻尾を揺らした。


さすがにケーテはとても速い。あっという間に最初の集落に到着した。

ケーテがゆっくりと降りていくと、数十人の獣人族に出迎えられた。

恐らくダントンが事前に連絡してくれていたのだろう。

狼の獣人族の族長たちの間には、いつでも連絡できるよう通話の腕輪が配られているのだ。

昨夜別れたばかりの族長が駆け寄ってくる。

「ロックさん、みなさん、よくぞおいでくださいました」

「魔道具ができたので設置しに来ました」

「なんと。早いですね」

驚く族長に笑顔で応えつつ、俺はケーテに言う。

「ケーテ。竜形態のまま待っていてくれ」

「わかったのである」

「ここの屋敷の中央はどのあたりになりますか?」

「こちらになります」

俺はケーテを置いて、族長たちに屋敷の中を案内してもらった。

魔道具を設置する前に、屋敷中をルッチラと一緒に魔法で探査しておく。

「不審な魔道具《もの》などは見つからなかったです。ロックさんはどうですか？」

「俺も見つけられなかった」

「なら、安心ですね！」

それから魔道具を設置した。設置には少し人手がいるので、シアたちにも手伝ってもらう。

魔道具の設置を手伝うことで、シアやセルリスも魔道具への知識が深まるだろう。

たとえ戦士であっても、冒険者をする以上、それはマイナスにはなるまい。

「ロックさん、こんな感じでいいでありますか？」

「ああ、シアのやつはそれでいい。助かる」

「私のはこうすればいいのね？」

「そうだな。セルリスのもそんな感じだ」

「ロックさん、できました」

「ニアは手際がいいな」

やはり、ニアはルッチラと一緒にフィリーの手助けをしているだけのことはある。

そうしてシアたちに手伝ってもらって設置を終わらせると、俺は魔道具を起動する。

「これで、屋敷に昏《くら》き者が近づけば音が鳴ります。鳴る音は、ダントンの屋敷で聞いたあの音です」

「ありがとうございます」

それから族長へ効果範囲や、侵入を防げる昏き者の強さなどについて細かい説明を行った。

魔道具の設置が済んだので、俺たちはケーテの元に戻る。

「ぎゃっぎゃっぎゃ！　もっと角度をつけてやるのである！」

「わーいわーい」

そこではケーテと子供たちが遊んでいた。この部族でもケーテは子供に人気者のようだ。

ケーテは頭を下げて、尻尾を緩《ゆる》やかに上げている。

そんなケーテを子供たちは頭から尻尾の方へとよじよじ上っていた。

「こ、こら、お前たち、風竜王陛下になんてことを……」

族長が顔を真っ青にして慌てていたので、とりなすことにした。

後で子供たちが怒られたらかわいそうだ。

「ケーテも喜んでいるみたいですし、大丈夫ですよ」

「そうなのでしょうか……」

「うむ、気にしなくていいのである！　ぎゃっぎゃっぎゃ」

そう言って、ケーテは笑う。そして、子供たちをまとわりつかせながらこっちに来た。

「もう終わったのであるか？」

「設置は終わった。後は屋敷の壁の強化だな」

「それなら我も手伝えるな。屋根は任せるがよい」

「頼む。俺とルッチラは床に魔法をかけて回ろう。外壁は先に終わった方がやることにしよう」

「わかったのである！」

俺たちはそれぞれ作業に入る。俺はルッチラと一緒に床に強化魔法をかけていった。

それが終わって、屋敷を出ると、

「子供たち、見ておくがよいのである」

「うん！」

「こうやって、こうじゃ！」

「すげー光った！」

ケーテが、子供を背に乗せて、屋根に魔法をかけていた。

子供たちも大喜びしている。

魔法はしっかりかけているようだが、子供たちに説明しているせいでゆっくりだ。

「……ルッチラ。壁は俺たちの方でやっておこう」

「そうですね。ぼくもそれがいいと思います」

そして、俺とルッチラは壁にも魔法をかけていく。

その間もケーテは大人気だった。子供たちの歓声が聞こえてくる。

「がうがう！」

ガルヴも興奮気味に、空飛ぶケーテの下を走りまわる。

子供たちとケーテの楽しそうな声を聞いて、楽しい気分になったのだろう。

「ガルヴも乗りたいのであるか？」

「ガウ！」

ケーテは楽しそうにひと鳴きしたガルヴをつかんで背に乗せた。

ガルヴは少し前にケーテに怯《おび》えていたのが、嘘《うそ》のようだ。

そんな楽しそうなケーテたちの様子を見ながら、俺とルッチラは次々と魔法をかけていく。

「屋根に魔法をかけ終わったのである！　ロック、確認してほしい！」

「ちょうど、こっちも終わったところだ。ケーテのかけた魔法だから大丈夫だろうが……」

俺とルッチラは一緒にケーテに手でつかんで屋根に上げてもらった。

「ルッチラ、どう思う？」

俺は徒弟《とてい》への魔法教育も兼ねて、あえてルッチラに尋ねる。

ルッチラは真剣な表情でケーテのかけた魔法を調べてから言った。

「しっかりかけられていると思います。ロックさんはどう思いますか？」

「そうだな。素晴らしい出来だ」

「そうであるかー。安心したのである」

ケーテがほっとした声を出すと、その背中に乗っている子供たちが歓声を上げる。

「さすが、ケーテさまだね！」「うん！　すごいよ！」

「がうがう！」

「そうであろうそうであろう！」

ケーテは嬉しそうだ。尻尾もゆっくり揺れていた。

そうして屋敷への魔法をかけ終わると、俺たちは次の集落へと向かうことにした。

「こんなときでなければ、ゆっくりしていっていただきたいのですが……」

「ありがとうございます。また平和なときにでも遊びに来ますよ」

「はい。ぜひ、お願いします」

そう言って俺たちが全員背に乗ると、ケーテはまた上空へとゆっくり上がった。

眼下では子供たちが一生懸命手を振ってくれている。

「ケーテさま、また来てね――」

「ロックさん、ありがとー」

「ぎゃっぎゃ！　うむ。そのうちまた来るのである！」

「元気でな！」「がうがう！」

そして、俺たちは次の屋敷に向かう。

主要な族長の屋敷だけで、全部で十二もあるのだ。

ダントンと今の屋敷は完了したので、残りは十。急がなくてはならない。

「次はあっちであります」

「了解である！」

シアの案内で次の集落に向かう。またしてもあっという間に到着した。

今回の部族からも大歓迎された。

俺は全員に言う。

「前回と同じだから、テキパキやろう」

「了解であります！」「任せてほしいわ」

シアとセルリスは張り切っている。

「頑張ります！」「はい、お任せください」

「我は外で待っているのである」「がうがう！」

ニアとルッチラもやる気充分だ。ケーテとガルヴはいつも通りに見えた。

屋敷の中を探査して、魔道具を設置する。それが終わってから屋敷全体の強化だ。

魔道具の設置が終わるまで、魔法干渉の都合上、屋敷の強化はできない。

だから、今回もケーテは俺たちが設置している間、子供たちと遊んでいた。

ケーテはここでも子供たちに大人気だった。竜の姿は格好いいので当然といえる。

「さっきよりもだいぶ早くできましたね」

「みんな慣れて手際がよくなってきたからな」

魔道具の設置が終わると、ケーテと一緒に屋敷に強化魔法をかけていく。

二回目だから強化魔法をかけるスピードも速くなっている。

終わると、すぐに次の集落へと向かう。

「今日中に全部の屋敷を回りたいな」

「そうであるなー。だが、さすがに難しいのではないか？」

「だんだん早くなってるから、いけるかもしれない」

「ぼくも頑張ります！」

俺たちはどんどん屋敷に魔道具を設置して、魔法で強化していった。

わずかな移動時間を有効活用して、シア、ニア、セルリスの剣に魔法をかけておく。

ニアの剣はともかく、シアとセルリスの剣にはすでに魔法がかかっている。

さらに魔法をかけるのは、難度が高いので、一日ぐらいしか持たない臨時の付与魔法だ。

「一時的な魔法だ。落ち着いたら、ケーテとモルスに協力してもらって本格的に強化しよう」

これでシアたちの剣はレイスを斬《き》ることができるようになったはずだ。

「ありがとうであります！」

「これで戦えるわ！　すごく嬉しい」

「頑張ります！」

シアたちもやる気いっぱいだ。ダークレイスとの戦闘でも活躍してくれるに違いない。


そうして、太陽が地平線の向こうに半分ぐらい隠れたころ。

「次で最後でありますよ！」

「何とか今日中に全部終わらせられそうであるな」

「日没には間に合わなかったですけど、充分早いと思います」

シア、セルリス、ルッチラが口々にそう言った。

ルッチラは少し疲れた表情をしていた。

俺の助手として、俺と一緒にずっと魔力探知《マジック・サーチ》、魔力探査《マジック・エクスプロレーション》を行使してきたのだ。

そのうえ、魔道具の設置と屋敷の強化も俺と一緒にやっている。疲れないわけがない。

「ルッチラ、疲れたか？」

「少しだけ、疲れました。でも大丈夫です！」「ここぅ！」

ルッチラとその肩の上に乗っているゲルベルガさまも、まだまだやる気充分だった。

魔力は使えば使うほど伸びる。そのうえ俺とケーテが魔法を使うのを間近で見ている。

ルッチラもきっとどんどん成長してくれるだろう。


俺たちが会話している間にも、ケーテは移動し続けていた。

最後の部族の集落は、なぜか少し離れたところにあるようだった。

「最後の部族は少し離れているんだな」

「そうでありますね。十二部族の中では一番新しい部族でありますからね」

集落を作るのに適した場所は限られている。いい場所かつ近い場所から使われるのが当然だ。

だから、新しい部族の集落は少し離れた場所にあるのだろう。

「見えてきたのである」

それでもケーテの翼ならあっという間に到着する。ここでも大歓迎を受けた。

日はすでにほとんど沈んでしまったので、どんどん暗くなりつつあるが、狼の獣人族はあまり気にしていないようだ。

夜目が利《き》くのだろう。

「ロックさん、ケーテさん、皆さんも、よくぞおいでくださいました」

出迎えてくれたのはこれまでの族長の中で最も若い族長だった。

「遅くなってしまって申し訳ありません」

「いえいえ！　こんなに早く駆けつけてくださるとは思いませんでした。真夜中になるものとばかり」

「それならば、よかったです。時間も時間ですし、早速作業に入っても？」

「はい。ぜひよろしくお願いいたします」

そして俺はみんなに言う。

「ここで最後だ。気を引き締めていこう」

「「はい！」」

「任せるのである！」「がう！」「こここ」

そうして俺たちは作業に入った。もう十二回目ともあって慣れたものである。

屋敷内の探査を終えてから、魔道具の設置を開始する。

その途中、ダントンから通話の腕輪で連絡があった。

『ロック、忙しいところすまない』

「どうした？」

『いやなに、日没後、ダークレイスの襲撃があったことを報告しておこうと思ってな』

ダントンは落ち着いた口調で、そう言った。

ダークレイスの襲撃は近いうちに来るはずだとは思っていた。

だが、さすがに今日来るとは思わなかった。魔道具と屋敷の強化が正常に機能したかも心配だ。

「襲撃を受けたのはどの部族なんだ？」

『うちの部族だ。安心しろ。ダークレイスの侵入は無事防いだ』

「それならよかった」

『モルスさんもいてくれたし、ロックたちの作ってくれた魔道具と屋敷への強化のおかげだ』

魔道具と屋敷の強化が機能しているようで、ひとまずは安心だ。

息を呑んで、近くで話を聞いていたシアたちもほっと息をついていた。

それから、少しだけ話をして、通話を終えた。

ダントンもほかの族長に連絡しなければならない。こちらとばかり話してはいられない。

詳しい報告は、作業が終わり次第、ダントンの屋敷に戻って聞けばいいだろう。

急いで、俺たちが作業を続けていると、族長が走ってきた。

「ダークレイスに関する報告をここで一緒に聞きましょう」

「それは助かります」

狼の獣人族の族長たちは互いに通話できる腕輪を配られている。

その腕輪を使って、ダントンから一斉に族長に説明するようだ。

俺たちは作業の手を休めずに、ダントンからの報告を聞いていく。

どうやら、ダントンの屋敷だけでなく、複数の屋敷が同時に襲われたとのこと。

幸いなことに、無事すべて撃退できたようだった。

『敵が魔道具と屋敷の強化について知らなかったから、この程度で済んだのでしょう』

『あくまで偵察目的だったということも大きいでしょうね』

族長たちの言うとおりだ。

本気で狼の獣人族をつぶそうと考えるのなら、ダークレイスと一緒に強敵を連れてくるだろう。

ダークレイスだけで来たということは、偵察目的だったことの証左だ。

『偵察が失敗したということは、次に敵がとる手は……』

「より準備をした偵察か、ばれたことにより本格的な襲撃を早めるか、でしょうね」

俺が作業しながらそう言うと、通話の腕輪の向こうで族長たちがうなずく気配がした。

もちろん、敵があきらめてくれるのが一番楽でいい。

だが、それを期待するのはあまりにも楽観がすぎる。

油断しないよう、気を引き締めるということで族長たちの通話は終わる。

そのころには、俺たちの作業も無事終了した。

ほっとした様子でシアが言う。

「魔道具の設置完了と同時に鈴の音が鳴り響かなくてよかったでありますよ」

「そっか。侵入されていたら、設置完了と同時に鳴るのよね」

「そうだな。だが、ここも狙《ねら》われる可能性が高い。いつ鳴ってもおかしくはない」

「どうして、ここは襲われなかったのかしら？」

セルリスが不思議そうに首をかしげた。

「ケーテさんが外にいるので引き返したのかも？」

「確かにルッチラの言うとおりかもしれないわね！　ケーテ、とても強そうだもの」

「実際、ケーテは強いからな」

そんなことを話しながら、屋敷の外へと向かう。ケーテにもいろいろ報告せねばなるまい。

屋敷を出るとケーテはポツンと寂しそうにしていた。

日が沈んだため、子供たちは屋敷の中に入っている。だから一人だった。

「ロック！　そっちの作業は終わったのだな！」

地面に指で穴を掘っていたケーテが、俺を見て嬉しそうに尻尾を揺らした。

ケーテの掘った穴は帰る前に埋めておかなければなるまい。

それはそれとして、屋敷の強化を先に終わらせた方がいいだろう。

「ケーテ、待たせたな。すぐに強化作業に入ろう」

「うむ！　もう慣れたものなのである」

「作業が終わったら、報告もある」

「作業しながらでも、我は話を聞けるのである」

「そうか、それなら話しながらやるか。だが、外だからな、どこに耳があるかわからない」

機密の話は外ではしにくい。どこで誰《だれ》が聞いているかわからないからだ。

だから俺は念話《テレパシー》の魔法を使うことにした。

ケーテ、シア、ニア、セルリス、ルッチラ、ガルヴとゲルベルガさまにもつなぐ。

『念話で話そう。いくつかの屋敷にダークレイスの襲撃があった』

『なんと！　それで追い返せたのであるか？』

ケーテは念話に驚くこともなく、普通に念話で会話を続けてくれる。

セルリスとゲルベルガさまとガルヴはびくっとした。

セルリスとゲルベルガさまは念話を使ったことがないのだろう。仕方がない。

『ガルヴには念話で話し掛けたことがあったはずだが……』

「がうぅ」

ガルヴは恥ずかしそうに耳と尻尾をしょんぼりさせていた。

ガルヴを励ますために頭を撫《な》でる。

『まあ、ガルヴは慣れていけばいい。で、ケーテ。無事ダークレイスは追い返せたそうだ』

『それは何よりであるなー。魔道具と屋敷の強化が役に立ってよかったのである』

『そうだな。こちらにもいつ来るかわからないし、屋敷の強化を急いで済ませておこう』

そして俺たちは大急ぎで屋敷を強化していく。

強化作業が半分ほど終わったとき、
――リリリリリリリ
魔道具が作動した。

第十章

魔道具から音が鳴った瞬間、ニア、ルッチラ、ガルヴは一瞬で身構えた。

一方、シア、セルリス、ケーテは、何事もないかのように平然と作業を続けながら横目で俺《おれ》を見た。

相手に、こちらが気づいていないと思わせるためだ。

確かに、音が鳴っただけでは、何の音かはダークレイスにはわかるまい。

他の屋敷を襲った際の情報を、敵が得ていなければだが。

「入っていてくれ」

「ここ」

俺はルッチラの肩に乗っていたゲルベルガさまを懐《ふところ》に入れる。

そして魔力探知《マジック・サーチ》と魔力探査《マジック・エクスプロレーション》の魔法を同時に展開した。

『結構いるな』

俺と同時に魔力探知と魔力探査を行使したケーテがうなずく。

『そうであるな。それにダークレイスだけではないのが面倒である』

ダークレイスは十匹。屋敷を取り囲むようにいた。

さらに、かなり離れた場所に昏《くら》き者どもが三匹いる。そっちはレッサーヴァンパイアだ。

とりあえず、レッサーヴァンパイアは戦力的に脅威《きょうい》ではない。

ダークレイスが本当に偵察を遂行できるかの検分のために遣わされているのだろう。

それ以外の敵が見つからないのが幸いだ。

それを踏まえて、方針を考える。

『ケーテ。ルッチラ。屋敷を守りながら、強化の続きをそのまま頼む』

『わかったのである』『わかりました』

『シア、セルリス、レッサーヴァンパイアを頼む。場所は西へ約三百歩のところだ』

『了解であります！』

念話での発話ができるシアが返答してくれる。

セルリスも無言でうなずくと、二人で走り始めた。

何も言わなくてもシアもセルリスも気配を消し、物陰に隠れながら進んでいく。

『ニアとガルヴは俺の後ろにいなさい。俺が攻撃を開始するまで、じっと待つように』

「がう」

ニアは無言でうなずき、ガルヴは一声吠《ほ》えた。

そして、俺は息をひそめる。

ダークレイスを討伐《とうばつ》するのはたやすい。だが、レッサーヴァンパイアを逃がしたくない。

敵に情報を渡すことになるからだ。

だから、シアたちがレッサーヴァンパイアに斬《き》り込むまで待機する。

シアたちは素早く静かに間合いを詰めていく。そして一気に斬りかかる。

「ぎゃあああ！」

レッサーヴァンパイアの悲鳴が上がった。

ダークレイスの意識も遠くの悲鳴に向いたことだろう。

俺はダークレイスを一気に倒しにかかる。場所はすでに把握済みだ。

一匹も逃がさない。

最も近くにいたダークレイスに向けて右手でドレインタッチを発動させた。

「ＫＩ……」

何も見えない空間から変な叫び声が上がる。そして一瞬だけ姿がぼんやり見えたあと消滅した。

ダークレイスの魔素を、生命維持できないほど吸収したのだ。

まだ吸収していなかった魔素が大気中に散っていく。散った魔素の量は一匹の約半分。

「半分吸えば倒せるのか」

思ったよりもあっさり倒せたような気になる。

だが、よく考えれば、人も血の半分を失えば死ぬのだ。そう考えれば当たり前かもしれない。

ダークレイス退治にドレインタッチは相性《あいしょう》がいいようだ。

ということは、魔神王の剣も相性がいいだろう。

「あと九！」

俺は逃げようとし始めたダークレイスを次々と倒していく。

ダークレイスは動きが遅い魔物ではないが、特別素早い魔物でもない。

俺やガルヴに比べたら、止まっているようなものだ。

「ガウ！　ガウガウ！」

ガルヴもダークレイスに飛びかかって仕留めてくれる。

俺が五匹、ガルヴが二匹、ダークレイスを倒すと、残り三匹がうすぼんやりと光った。

魔法攻撃を放ちながら逃げることにしたのだろう。

敵ながら、よい判断ではある。

「魔法に気を付けろ！」

「ガウ！」「はい！」

うすぼんやりと見えるダークレイスは全力で遠ざかっていく。

そうしながら、火球《ファイアーボール》を放ってきた。なかなかの威力だ。

俺は火球をかわしてダークレイスとの間合いを詰める。

俺の動きに合わせて、ガルヴも別のダークレイスに襲い掛かった。

だが、俺の右手がダークレイスを捉《とら》え、倒すと同時に、

「ぎゃうん！」

ガルヴが悲鳴を上げた。

一匹に爪《つめ》と牙《きば》を突き立てて倒した瞬間に、残った一匹からの火球を食らいかけたのだ。

攻撃に専念しすぎて、防御がおろそかになるのは危険だ。

ガルヴは子狼《こおおかみ》なので戦闘技術がまだ拙《つたな》いのだ。

「ガルヴ、無理をするな」

「がう！」

それでもガルヴにはほとんどダメージがなさそうだ。素早くダークレイスから距離をとる。

火球をまともに食らわなかったことに加えて、毛皮の火炎耐性も高いのだろう。

「やあああああ！」

一瞬だけ、姿がうすぼんやりと見えたのを逃さず、ニアがすかさずダークレイスに躍りかかる。

俺が魔法をかけた剣でダークレイスを斬り裂いた。

「ＫＩＩＩＩＩ」

「やあああ！」

ダークレイスは悲鳴を上げ、姿を消して逃げようとする。

だが、ニアは手を緩《ゆる》めない。姿が消えたあとも、剣を振り続ける。

「……捉えてるな」

偶然なのだろうか。ニアの斬撃はすべてではないが八割がたダークレイスを捉えている。

ニアに何度も斬られたダークレイスはついに消滅した。

俺たちが十匹のダークレイスをすべて倒すのとほぼ同時に族長が走って屋敷から出てきた。

屋敷の奥から駆け付けたのなら、このぐらいかかる。

「ロックさん！　何事ですか？」

「ダークレイスの襲撃です。討伐したのでご安心ください」

「……お役に立てず申し訳ない」

「いえ、お気になさらず」

屋敷の中から走ってきた族長が間に合わないぐらい素早く倒せたのだ。

逆に言えば、いい動きができたと言っていいだろう。

ケーテが羽をバサバサさせ、尻尾《しっぽ》を振りながら、俺たちのところに飛んでくる。

「ちょうど、我の作業も終わったのである」

「これで再び襲撃があっても、屋敷の中にいればひとまずは安心です」

ケーテは右手にルッチラをやさしくつかんでいた。

「ケーテさんもルッチラさんも、ありがとうございます」

族長が丁寧に頭を下げる。

「いえいえ、そんな！　ぼくはただお手伝いしただけですから」

ケーテにつかまれたままのルッチラが空中で頭を下げた。

「ココ！」

そんなルッチラに向けて、俺の懐の中のゲルベルガさまが大きな声で鳴いた。

頑張ったとねぎらっているに違いない。

こちらでの戦闘が終わったことにセルリスたちも気が付いたのだろう。

「こっちは終わったわ！　そっちはどうかしら？」

大きな声でこちらに呼びかけてきた。徒歩で三百歩ほど離れているので大声だ。

「きちんとすべてのレッサーヴァンパイアを仕留めたでありますよ」

そう言ったシアもどこか自慢げだ。尻尾が元気に揺れている。

俺は戦闘中からずっと魔力探知を使い続けている。それゆえ向こうの状況も把握している。

俺たちがダークレイスを倒しきる前に、セルリスとシアはレッサーをすべて討伐していた。

いくらレッサー相手とはいえ、とても手際のよい討伐といっていいだろう。

「ありがとう。シア、セルリス。こっちも終わったところだ」

「死骸《しがい》を処理したら、すぐそっちに戻るわね」

「いや、処理は一緒にやろう。すぐに行く」

そう返答したとき、俺は戦闘前には気付かなかった小さな魔力反応に気が付いた。

一瞬レッサーヴァンパイアの魔石の反応かと思ったが、それにしては反応が小さい。

レッサーは弱い魔物だ。だが、それは他のヴァンパイアと比べての話。

魔物一般の中では強力な部類に入る。魔石もそれなりに大きく魔力含有量も多い。

それにレッサーヴァンパイアの死骸に残った魔力反応とも違うように思う。

「ケーテ、あれはなんだ？」

そう尋ねつつ、急いで俺は魔力探査を開始した。

魔力を持つ者を探すだけの魔力探知と違い、どのようなものか調べるのが魔力探査だ。

「あれとは何であるか？」

「あれとはいったい？」

そう言いつつも、ケーテとルッチラが魔力探知と魔力探査を開始してくれる。

ケーテはともかく、ルッチラまで同時行使できるようだ。成長著しい。

「念のために屋敷の中で防衛に徹して、襲撃に備えてください」

「はい。わかりました。お気を付けてください」

族長に声をかけてから、俺は走る。ニアとガルヴ、ケーテとルッチラもついてくる。

ちなみにケーテはまだルッチラを右手でつかんだままだ。

「何かあったのでしょうか？」「がうー」

ニアとガルヴが走りながら心配そうに言う。

「弱い魔力反応を感知したんだ。調べておこうと思ってな」

「そうでしたか。油断できないですね」「がう！」

ニアとガルヴは気合充分だ。疲れているはずなのに、大したものである。

魔力探知と魔力探査をしながらルッチラが言う。

「ぼくには何のことかわからないです。その反応というのはどのあたりからするのでしょう？」

「む？　あれか？　あれのことであるか？」

優秀な魔導士であるルッチラでも気づけないレベルのかすかな反応だ。

だが、風竜王ケーテは気づいてくれたようだ。

「うーむ。だがロック。反応が微弱すぎるのである。魔石のかけらとかではないか」

「それとは違う反応だ。微弱すぎるのが逆に怪しい。隠ぺいされている恐れがある」

「ふむ？」

ケーテはまだ釈然としていないようだ。俺の心配しすぎだと思っているのかもしれない。

杞憂《きゆう》だったということで済むならば、それが一番だ。

「では、我は先に行って調べておくのである」

「頼む」

「ひあああああ」

ケーテが一気に加速する。びっくりしたルッチラが悲鳴を上げた。

俺もニアがついてこられる速さで走って向かう。

「ケーテ、どうしたの？　そんなに急いで」

「もうレッサーヴァンパイアは全部倒したでありますよ？」

レッサーの死骸を解体して魔石を取り出していたセルリスとシアが怪訝《けげん》そうに言った。

「ロックがな、微弱で怪しい魔力反応を見つけたのである」

「怪しい魔力反応？　魔石とかじゃなくて？」

「ロックは違うと言っておったのだ」

「それなら違うでありますよ。セルリス、警戒した方がよいかもしれないであります」

「そ、そうね！」

レッサーヴァンパイアの死骸処理を中止して、セルリスとシアは身構えた。

そして、ケーテとルッチラは近くで調査を開始する。

ケーテが、魔力反応のあった個所を指さしながらルッチラに言った。

「ルッチラ。あの辺りなのである」

「確かに。さすがにここまで近づいたら、ぼくにもわかります」

「それは何よりである」

ケーテとルッチラは魔力探査をしながら、その場所を直接調べた。

「うむぅ。これであろうか？」

「ですね。でも、これって何でしょうか？」

「……わからぬ。魔道具かもしれぬ。ロックが到着するまで触れるのはやめておこう」

「そうですね……。あれ？　こっちにも怪しい反応がありますよ？」

ルッチラが別の何かを見つけたように指をさすと、セルリスが怪訝な表情になった。

「ルッチラ、それはレッサーヴァンパイアの死骸よ？」

「それはわかっているのですが、死骸の中から何か怪しい反応があるような……」

「解体してみるでありますか？」

シアが解体用ナイフを片手に近づこうとするのをケーテが止める。

「シア、ロックが到着するまで待つべきであるぞ」

「それもそうでありますね」

そして、少し離れた位置から、ケーテとルッチラは死骸の調査を始めた。

「確かに、ルッチラの言うとおりである」

「ですよね。死骸の中にあることに加えて、隠ぺい魔法も厳重です」

「ものすごく怪しいのである」

ケーテたちがそんな話をしているところに、俺とニア、ガルヴは到着した。

「怪しいものは二つか」

「うむ。ロックはどう思うのだ？」

「厳重に隠ぺいされているから、どちらも怪しいのは確かだな。とりあえずしっかり調べてみよう」

「わかったのだ」

「申し訳ないが、シアとセルリスとニアは、先に怪しくない死骸の処理を進めてくれ」

「わかったわ！」「任せるであります！」「頑張ります」

戦士組に死骸処理を任せると、俺は怪しい死骸と怪しい場所に魔力探査をしっかりかけた。

まず、怪しい場所には、こぶし大の球状の物体があった。素材は愚者《ぐしゃ》の石である。

「愚者の石で作られた魔道具に、何重にも隠ぺい魔法をかけているな」

「ロック、何の魔道具であるか？」

「もう少し調べないとわからないな」

「ロックでも即座にわからないとは……。ものすごい隠ぺい魔法なのであるな」

俺の横で一緒に調べていたルッチラが言う。

「魔道具であることすら、絶対にばれないようにしていますね」

「我も存在はともかく魔道具であることには、言われない限り気づけなかったと思うのである」

「ぼくは存在にも気づけなかったかも」

風竜王ケーテが魔道具であることに気づかないということは、普通は気づかないということだ。

よほどの高位の魔導士でも気づけないほどの隠ぺい魔法。なぜそこまでして隠したいのか。

俺は慎重に考えて、一つの可能性に思い至った。

皆に説明する前に、確認のため一応シアとガルヴ、ニアに聞いてみることにする。

「シア、ガルヴ、ニア。この魔道具からはどんな臭いがしているんだ？」

「かすかではありますが、一応ヴァンパイアの臭いがするであります」

「……がう」「少しします」

「もし後始末をシアたちだけでやっていた場合、いつ気づいたと思う？」

「処理を全部終えたあと、念のために調べるときには気づいたと思うでありますよ」

「なるほどな……」

もともとこれは狼の獣人族の集落に攻め込んだレッサーヴァンパイアが持ち込んだものだ。

嗅覚《きゅうかく》で察知されることは、敵も織り込み済みだろう。

「魔道具であることには気づかせずに、臭いで愚者の石の存在にだけ気づかせたかったのか？」

「よくわからないのである。そんなことして何かいいことがあるのであろうか？」

「特にないわよね。魔道具だろうがなんだろうが、愚者の石の時点で詳しく調べられるし」

「確かにそうでありますね。狼の獣人族がわからなくてもどうせばれるであります」

ケーテが少し考えてからこっちを見た。

「ロックはどういうことかわかるであろうか？」

「相手が馬鹿《ばか》ではないのならば……」

そう前置きして俺は続ける。

相手が馬鹿なら、それに越したことはないが、それを期待するのは油断がすぎる。

「この魔道具は、調査機関に持ち込まれることを前提にした魔道具なんじゃないか？」

「ふむぅ？　なぜそんなことを？」

「可能性はいろいろあるが、諜報《ちょうほう》を重視しているのならば……」

ダークレイスは諜報にたけている魔物だ。

そのダークレイスがメインで攻めてきている以上、諜報に狙《ねら》いがあると考えるのが妥当だろう。

「もしかして、盗聴機能があったり、位置を特定する機能がある魔道具なのでありますかね？」

「シアの言うとおりだ。その可能性は高い」

調査機関がどこに置かれているかという情報はとても重要だ。

諜報戦に勝利するために、敵が知りたいと思っても不思議《ふしぎ》ではない。

調査機関に持ち込まれるまでの間、魔道具の周りでの会話を聞けるだけでもいいだろう。

それを考えると、うかつに話しすぎた気がしなくもない。

相手に情報を与えてしまった可能性がある。

『ということで、しゃべりすぎたな。以降は念話《テレパシー》の魔法で話そう』

『了解であります』

『わかったのである』

『わかりました』「ここ」

シア、ケーテ、ルッチラ、ゲルベルガさまが返事をしてくれた。

ケーテがセルリスとニアを見ながら言う。

『我らはいいのだが、セルリスとニアとガルヴは念話で話すことはできないのだ』

セルリスとニアは、ケーテの言葉を聞いて、無言でこくこくとうなずいている。

ガルヴもふんふん鼻を鳴らしていた。ガルヴは元からしゃべれないので、どっちでもいい。

『そうですね。どうしますか?』

ルッチラが困った表情で聞いてくる。

全員、念話の会話を聞くことはできる。そしてシア、ケーテ、ルッチラは念話で発話ができる。

だが、セルリスとニアは発話ができない。

『教えておくべきだった。今度教えるって言ったのにな。これが終わったら即座に教えよう』

『それがよいのである。だが、今はどうするのであるか?』

『もし、伝えたいことがあれば手を上げてくれ。筆談か何かしよう』

俺がそう言うと、セルリスとニアとガルヴはこくこくとうなずいた。

『あっと、ちょっと待ってくれ。族長たちにも怪しげな魔道具のことを伝えてくる』

俺はすぐに、魔道具が盗聴器であっても聞こえない程度に距離をとる。

「ダントン、聞こえるか？」

『聞こえる。どうした。随分小声だな』

ダントンの声もかなり小さい。

「詳しい話は後回しにするが、周囲に怪しい物体があっても近づかないでくれ」

『わかった。みんなにも伝えようか？』

「頼む。何らかの魔道具かもしれない。ヴァンパイアを倒しても死骸はしばらく放置してくれ」

『了解した』

これで最低限のことは伝えられた。後はダントンに任せればいいだろう。

俺は魔道具の元に戻った。

敵の残した不審な魔力反応は二つだ。

一つは地面に落ちていたこぶし大の謎《なぞ》の魔道具。それは魔道具であることを隠したいらしい。

もう一つは死骸の中に埋め込まれている謎の反応だ。こっちはどういう類だろうか。

『とりあえず、死骸に埋め込まれている反応も調査してみよう』

『わかったのである』

『シア、セルリス、ニアは他のヴァンパイアの処理を続けてくれ』

『わかったであります。とはいえ、もうほとんど終わっているでありますよ』

レッサーヴァンパイアは三匹だけ。つまり魔道具が入ってないのは二匹。

手慣れた冒険者であるシアたちなら、魔石の取り出しぐらいすぐ終わる。

後はまとめて燃やすだけだ。

俺は不審な魔力反応のあったレッサーの死骸に近づいて魔力探査を発動した。

なにやらおかしな魔道具が体内に入っているようだ。

『取り出してみるか』

『ドキドキするでありますね』

ケーテやシアたちが俺の後ろから興味津々といった感じでのぞき込んできた。

『あまり見られると緊張するんだが』

『一流冒険者の解体技術を拝見させてもらうでありますよ！』

そんなことを言われると余計に緊張する。

そう思いながらも、俺はレッサーヴァンパイアの横隔膜《おうかくまく》の下あたりから、反応していたものを取り出した。

『地面に落ちてた物より大きいのである』

『そうだな……』

それはこぶし二つ分ぐらいの大きさの球だった。こちらの素材も愚者の石のようだ。

『死骸の中に入っていたからわかりにくいが……魔道具であることは隠してないな』

『でも解除は難しそうです』

『ああ。シア。こっちの魔道具の存在は俺たち魔導士がいなくても気づけたと思うか?』

『そうでありますね……。死骸を処理する際に燃やすでありますから、そのときには』

死骸を燃やしても、金属でできた魔道具は燃えない。

相手が馬鹿ではないとすると、こちらも存在がばれることを前提にしているようだ。

俺は魔力探査を続けていく。すると魔法陣が中に織り込まれていることがわかった。

何の魔法陣かは展開してみないとわからない。そして、展開の難度がものすごく高い。

『魔法保護《マジック・プロテクト》が厳重にかかっているな。保護を外さないと展開できない』

『ふむう。展開してみるのであるか?』

『展開させるのが敵の狙いの可能性もあるから、何とも判断に困るな』

『とはいえ展開させないと調べられないのではないか?』

『それに展開させるのが目的ならこんなに難しくしないと思いますけど……』

ケーテの指摘もルッチラの指摘も正しい。特にルッチラの指摘は鋭い。

こっちに展開させることで目的を果たしたいのなら難度をもっと下げるはずだ。

『確かに普通の宮廷魔導士が数年かけても展開できないレベルではあるな』

『そうなると、展開させないことで目的を果たす魔道具と考えた方がいいであります』

『さすがに時間がかかりすぎますし、先にもう一つの魔道具を調べてからにしますか?』

『ロックなら、時間はかからないのである』
なぜかケーテがどや顔をしてそう言った。
確かに俺なら時間はかからない。ひとまず両方を調べるのも悪くない。
『そうだな。とりあえず、両方ある程度調べてから取り掛かるか』
結局、地面に落ちていた魔道具も少し詳しく調べることにした。
『こっちも、かなり厳重に機能が隠されているな。とはいえ、さっきのほどではない』
『我でも、こっちなら調べられそうな気がするのである』
『難しいですが、ぼくでも何とかなるかも』
『お、それならルッチラが解析してみるか？』
『いいんですか？』
ルッチラの目が輝く。魔導士らしい探求心と向上心だ。
難しいことに挑戦したがるのは、魔導士として成長するには必須の性格だ。
『ああ、任せる。何かあっても俺がフォローしよう』
『我もついているから大船に、いや大竜に乗ったつもりでいるのである！』
ケーテの尻尾が、楽しそうにゆらゆら揺れた。
『ありがとうございます』
一礼してルッチラが地面に落ちていた方の魔道具の解析に入る。
『……難しいけど。……あれ？　でもこうすれば……。よし』

ルッチラはものすごく集中して独り言をぶつぶつつぶやいていた。
正直、こっちも解析の難度は高い。
だが、こちらは例えるならば、そこそこ難しい計算を大量にさせられるような難度だ。
時間さえかければ、宮廷魔導士クラスでも解除できる。
死骸の中に入っていたものとは、根本的に難度の種類が違うのだ。
『うん、いけそうです』
俺が想定していた以上に、ルッチラの解析能力は高い。
ルッチラは解析しながら、解析方法をより効率的にアレンジし始めた。
俺がルッチラの能力に驚いている間もルッチラは順調に解析していく。
『あ、まず――』
刹那《せつな》、ルッチラが何か言いかけたところで、魔道具が爆発《ばくはつ》した。
俺はとっさに魔法障壁を展開する。
魔道具の四方を囲んで上部だけはふさがない。爆風を上に逃がすためだ。
俺はルッチラの手元を見ながら慎重に観察していた。
だから、爆発するより早く、爆弾であることに気が付いた。
それでも『ルッチラ、解析を止めろ!』と言うまでの猶予はなかった。
俺にできたのは魔法障壁を展開することだけだ。
強烈な爆風が俺の障壁を砕いていく。

上空へそらした爆風が雲を吹き飛ばしていった。

爆風がおさまると、

「死ぬかと思ったのである！　なんという威力か……」

ケーテが冷や汗を流しながら言った。

「ああ、俺の障壁が三枚破られて、四枚目もかなりひびが入った」

「なんてことだ。ロックの障壁を三枚も破るとは……」

俺はみんなに声をかける。

「怪我《けが》はないか？」

「「……」」

シア、セルリス、ニアは呆然《ぼうぜん》としていた。見たところ怪我はないようなので、一安心だ。

それでも、念のためにもう一度尋ねる。

「シア、セルリス、ニア。大丈夫か？」

『だ、大丈夫であります』

シアが念話で話してくる。そして、セルリスとニアは無言でこくりとうなずいた。

声に出して会話をするなという俺の指示を守ってくれているのだ。

「もう、普通に話して大丈夫だ」

盗聴機能を疑われていた魔道具は、今さっき爆発したところだ。

少なくとも今は盗聴を気にしなくてもよい。

「怪我はしてないであります」

シアが改めて声に出して無事を報告してくれた。

「あ、ええ。ありがとう。私も怪我はないわ」

「怪我はないです」

セルリスもニアも無事なようでよかった。

「ゲルベルガさまとガルヴはどうだ？」

「ここぅ」「がぅ」

ゲルベルガさまは俺の懐の中でプルプルしていたし、ガルヴは尻尾を股に挟んでいた。

あまりの音と光と衝撃に怯《おび》えてはいるが、怪我はしていないようだ。

「ルッチラは……」

そして、最も爆弾魔道具の近くにいたルッチラは腰を抜かしていた。

地面が不自然に濡《ぬ》れていたが、触れないでおこう。

セルリスがさりげなく、ルッチラを立たせてあげている。

ルッチラの着替えもろもろはセルリスに任せよう。

ケーテが爆心地の方へと首を伸ばして観察を始めたので、俺も隣に行く。

「なんという。なんという威力なのだ」

「本当にすごかったな」

すさまじい威力の爆発だった。

王都で爆発すれば一区画が跡形もなく消し飛んだだろう。

そして、王都中に衝撃波が走り、建物に大小さまざまな損害を与えたに違いない。

「王宮内で解析していたら……、王宮周辺がまるごと吹き飛んでいたかもな」

「それが狙いであろうか……」

「だろうな」

魔道具であることを隠ぺいしつつも、その存在自体は主張していた。

それも調査機関に運び込ませるためだったのだろう。

実際、調査機関の魔導士ならば時間をかければ解析できる難度だった。

「隠ぺいをすべて解除して魔法での解析を開始すると同時に爆発する魔道具か」

「厄介《やっかい》なものを考えるものである」

「ああ。これほどの爆発力を持つ魔道具はそうはないだろうが……」

それでも一つのパーティーを壊滅させる程度の爆弾の製造ならば、さほど難しくない。

敵の魔道具を詳しく調べるのが危険になったということだ。

その時、ルッチラが叫んだ。

「ロ、ロックさん！」

「ああ、気づいている」

「なんと！」

ルッチラの指さす方を見て、ケーテが驚いて身構える。

爆発しなかった方の魔道具、レッサーヴァンパイアの体内に入っていた魔道具が光り始めていた。

魔法保護を解除する難度がとても高いので後回しにした魔道具だ。

「どういうことであるか？」

「自動で展開を開始しているみたいだな」

先ほど俺が解析して、中に魔法陣が折りたたまれていることには気が付いていた。

だが、何の魔法陣かまでは調べることはできていなかった。

みるみるうちに魔法陣が展開されていく。とても巨大な魔法陣だ。

「……転移魔法陣だな」

俺がそう言ったのと同時に大量のヴァンパイアが現れた。

その数、優に二十匹を超えている。そしてそれだけでは止まらない。

どんどん追加でヴァンパイアが出現し続けている。

「どんどん出てくるのである！　倒すか？」

「当たり前だ。一匹も逃がすな！」

「了解したのである！」

「わかったわ！」「了解であります！」「はい！」

ケーテ、セルリス、シア、ニアが勢いよく返事をすると同時に俺は魔法を使う。

極限結氷《タルミナス・アイシクル》。邪神の頭部と戦った時に使った魔法だ。

とはいえ、今回は周囲に味方がいるので全力では使えない。

魔法障壁を全員に使いつつ、威力も控えめにする。屋外なので効果も落ちる。

それでも、今出現していたヴァンパイア全員が凍り付いた。

「「「ぎゃああああああ」」」

悲鳴を上げたのは、魔法への抵抗値の高いヴァンパイアロード以上の上位種だ。

アークヴァンパイア以下は、無言のまま凍り付いて絶命している。

「雑魚《ざこ》は倒した。残りも逃すな」

「任せるのである！」

ケーテは依然として竜形態のままだ。鋭い爪を振るってヴァンパイアロードに襲い掛かる。

セルリスたちも剣を抜き、ロードに斬りかかっていった。

ケーテ、セルリス、シアの、ヴァンパイアロードに対する攻撃は激しい。

俺の放った極限結氷の魔法で半分凍っているロードでは太刀打《たちう》ちできない。

次々と狩られていく。

ニアも未熟ながらも、セルリスやシアをサポートして時折とどめも刺している。

さっきまで尻尾を股に挟んでいたガルヴもロードに牙を突き立てている。

俺はサポートに徹した。

ケーテやセルリスたちの背後から襲い掛かろうとするロードを魔法の矢《マジック・アロー》で仕留めていく。

威力を高めた俺の魔法の矢はロードの頭を軽々と吹き飛ばす。

霧に変化しようとしても許さない。魔神王の剣で斬り裂いてとどめを刺した。

「まだ出てくるのか……」

魔法陣からは続々とヴァンパイアが出現し続けている。

出現したヴァンパイアどもは、激しい戦闘が行われているのを見て一瞬驚く。

その隙《すき》を俺は逃さない。魔法の矢を使って吹き飛ばしていく。

「ぼくも！　頑張ります！」

ルッチラも魔力弾《マジック・バレット》を撃ち始めた。

俺の手法を見ていたようで、出現した直後のヴァンパイアを狙っている。

ルッチラの魔力弾の威力はかなり高い。アークヴァンパイアならば、一撃で倒せるようだ。

ロードはルッチラの一撃では倒せない。だが、ひるんで大きな隙ができる。

「りゃあああああ！」「たあああああ」「ふん！」

その隙を見逃すシア、ニア、セルリスではない。的確に首をはねていく。


すでに最初に俺に凍らされたヴァンパイアは倒していた。

今、戦場にいるのは新たに出現した無傷のヴァンパイアたちだ。

それでも、ひるまずにガルヴが戦う。爪で押さえつけ牙を突き立てる。

ケーテは少し上空に位置取って、俯瞰《ふかん》して見ているようだ。

そして、魔法陣の端に出現したヴァンパイアを爪で斬り裂くと、風魔法で斬り刻む。

ヴァンパイアどもの判断も早い。

ガルヴに押さえられ、変化できないヴァンパイア以外逃亡を図り始めた。

被害を抑えるためにはそれが正しい。

「変化するぞ。一匹も逃がすな！」

俺は注意を促すために、改めて叫んだ。

ヴァンパイアどもは、ルッチラの魔力弾で頭を吹き飛ばされながらも、霧に変化しようとする。

ケーテの爪で胴体に大穴を空けられながらも、小さなコウモリやカエルに変化しようとする。

変化が完了してしまうと厄介だ。

霧に変化されると一番面倒だ。普通の剣が効かなくなる。

コウモリ一匹も見逃せない。なのにコウモリもカエルも数が多く大きさも小さいのだ。

「コケコッコオオオオオオオオ！」

その時、俺の懐に入っていたゲルベルガさまが高らかに咆哮《ほうこう》した。

逃亡を図っていた数匹のヴァンパイアが一瞬で灰になった。

「ゲルベルガさま、助かった」

「ここ」

やり切ったという表情で、ゲルベルガさまが満足げに鳴く。

そして、俺の懐から頭だけ出して、周囲をきょろきょろと見た。

ケルベルガさまは変化しかけたヴァンパイアを見かけるたびに鳴いてくれた。

変化が可能な上級ヴァンパイアとの戦いではゲルベルガさまがいれば大きく有利になる。

俺は全員の後方に立った。戦いながら皆が窮地に陥《おちい》っていないか様子をしっかり観察する。

最初から強かったケーテ以外は、初めて会ったころに比べて、急速に成長しているようだ。

そして、ケーテも急速ではないが、まだまだ着実に強くなっていると思う。

ゲルベルガさまの鳴き声も、出会ったばかりのころより範囲や威力が上がっている気がする。

頼もしい限りである。


そうして、討伐したヴァンパイアの総数が五十匹を超えたとき。

強大な昏《くら》き気を放つヴァンパイアが出現した。

出現直後の隙を狙ったルッチラの魔力弾が、そのヴァンパイアの顔面に当たり炸裂《さくれつ》する。

「これは、どういうことだ?」

だが、何事もなかったかのように、そのヴァンパイアは周囲をにらみつけた。

「魔力弾が完全に入ったのに……」

「あいつは俺に任せろ。ルッチラは雑魚を頼む」

「はい、わかりました!」

ルッチラは一瞬呆然としたが、俺の指示を聞いて意識をすぐに切り替える。

強大なヴァンパイア以降も、続々と新たにヴァンパイアが出現してきていた。

そのヴァンパイアたちはシアたちやケーテ、ガルヴが対応する。

ルッチラは出現直後の奇襲と、前衛への支援を担当してくれていた。

俺は味方を横目で見ながら、強大なヴァンパイアに話し掛けた。

「お前らの作戦が失敗したようで何よりだ」

あえて煽《あお》るように笑顔で言ったのに、ヴァンパイアは俺の方を見ない。

怪訝な表情をしたまま、周囲を観察している。

依然として激しい戦闘が継続中だ。戦況はこちら側の圧倒的な優位で推移している。

「なぜ、壊滅していない？　そもそもここはどこだ？」

「あんな間抜けな作戦で壊滅するわけねーだろ」

「貴様。説明すれば、命だけは助けてやろう」

どうやら俺から情報を引き出そうとしているらしい。

情報を引き出そうとしたことは何度もあるが、引き出される側になったのは初めてだ。

新鮮な気分になる。

「立場をわきまえろ。コウモリ野郎。こっちの方が圧倒的に有利なんだ。言うわけないだろ」

「ふむ。ならば、お前らを不利にしてやればいいのだな？」

その言葉と同時にヴァンパイアは俺に向かって襲い掛かってきた。

ヴァンパイアのクラスは、恐らくハイロードだろう。

動きがヴァンパイアロードのそれよりだいぶ速い。

ハイロードは一瞬で俺の眼前に来ると腕を振るう。わずかに後ろに跳んで腕をかわす。

かすりもしていないのに、俺の服の端がわずかに切れた。

ハイロードは武器を持ってすらいない。手を振るっただけだ。

前回戦ったハイロードよりも、かなり強いと感じた。特殊なハイロードなのだろうか。

とはいえ、俺もハイロードとの交戦経験は何十回とあるわけではない。

個体差の範囲内である可能性もある。

「まあ、倒して魔石を見てみればわかるか」

「何を余裕をかましている。人の割には動きが速いとはいえ――」

ハイロードは不敵に笑い余裕を見せていた。冷静に弱いところを狙われたら、つまりシアたちに
ターゲットが移されたら困る。

だから挑発しておくことにした。

「お前もレッサーヴァンパイアの割には、すごくいい動きをするじゃないか」

「貴様‼　言うに事欠いて、我のことをレッサーだと！」

相変わらず高位のヴァンパイアにはレッサーヴァンパイア呼ばわりが効果的だ。

そのうち、俺の挑発手口が周知されそうな気がしなくもない。そうなったら面倒だ。

それを防ぐためにも、生きて帰すわけにはいかない。

「もう少し頑張れば、アークヴァンパイアになることだって夢じゃないんじゃないか？」

「貴様‼　絶対に許さぬ！」

ハイロードは目をむいて、絶叫するように言った。

同時にものすごい勢いで間合いを詰めると、腕を振るってきた。

俺がかわすと、追撃で火球《ファイアーボール》の魔法を放ってくる。

俺は魔法障壁を使わず、横に跳んで避ける。

余裕がある限りは魔導士であることは隠しておきたい。

万が一逃げられた時、敵が俺を戦士と認識するか魔導士として認識するかは大きな違いだ。

「それにしても……」

ハイロードが火球を放つタイミングは完璧《かんぺき》だった。

並のAランク冒険者なら、腕の攻撃をかわすことはともかく、火球をかわすことは難しいだろう。

「なんだよ、折角《せっかく》褒めてやったのに」

俺はわざと残念そうに言ってみたが、ハイロードの耳には届いていなさそうだった。

「貴様、何者だ？」

ハイロードも俺に火球が直撃することを確信していたのだろう。困惑していた。

困惑することで怒りがおさまっても困る。冷静になる暇を与えず畳みかけた方がいい。

俺は魔神王の剣を振るって言った。

「ただのFランク戦士だよ」

「ふざけるな！」

魔神王の剣の腹をハイロードは爪でつかんで止めた。

やはり強い。楽しくなってきた。だが楽しんでいるわけにはいかない。

シアたちが近くで激しく戦っているのだ。

ハイロードと戦闘していると、何かがあったときの対応が遅れてしまう。
俺の役割はハイロードを速やかに倒して、シアたちの援護に回ることだ。
「Fランク戦士である俺の剣を止めるとは、なかなかやるじゃないか！」
「我を愚弄《ぐろう》したことを後悔させてやる！　簡単に死ねると思うな！」
「当然、そう簡単に死ぬつもりはねーよ」
ハイロードにつかまれたままの魔神王の剣を強引《ごういん》に振りぬく。
ハイロードは素早く後ろに跳んで、カウンター気味に右腕を振るう。
同時に左手から火球を撃ち込んでくる。素晴らしい連携だ。
俺は、ハイロードの右腕も火球も避けずに一気に間合いを詰めた。
火球を左手の平で受ける。その瞬間、消し去った。ドレインタッチだ。
魔法の波長をものすごく正確に合わせれば放たれた魔法すら吸収できるのだ。
とても難度が高いが、ハイロードからの火球を何度も見ているので吸収できた。
ハイロードの目が大きく見開かれる。混乱と困惑の極《きわ》みに陥っているのだ。
だが、勢いのついたハイロードの右腕はそのまま俺を貫こうと振りぬかれる。
申し分のない一撃だ。まともに食らって無事でいられる者はそうはいないだろう。
そして俺は身体でまともに受ける。ハイロードの口角が一瞬上がる。
俺を倒せたと確信したのだろう。
だが、右腕の鋭い爪が当たった瞬間、バチリという大きな音が響く。

以前、シアと一緒に戦ったヴァンパイアハイロードからラーニングした攻性防壁だ。

当然、精度も威力もハイロード如《ごと》きが使用するより、はるかに上だ。

ハイロードの右腕が弾《はじ》けるように破裂した。血肉が骨ごと粉砕され赤い霧のようになる。

「なん……だと……」

ハイロードの口角は勝利を確信したときのまま上がっていた。

だが、目は驚愕《きょうがく》に見開かれていた。そのアンバランスな表情は滑稽《こっけい》ですらあった。

俺はそのまま魔神王の剣を振りぬいて首を落とす。

ハイロードの首は、そのおかしな表情のまま地面を転がった。

首を落としても、完全に灰にするまで油断できない。敵はヴァンパイアハイロードなのだ。

血一滴、肉片一かけらですら、見逃すわけにはいかない。

魔力探知を発動させながら、ハイロードの身体を魔神王の剣で斬り刻んでいく。

そして、肉片にはドレインタッチをかけていった。

最後にハイロードの頭だけを残す。頭にもドレインタッチをかけて魔力を吸った。

コウモリや霧に変化する余力も残さない。

「そこで待ってろ。後で話を聞かせてもらう」

「……なめるな人間風情《ふぜい》が」

ハイロードはぼそっとそう言うと、灰になった。尋問されないように、自ら命を絶ったのだ。

情報を得られないのは残念だが、仕方がない。

俺はシアたちに言う。

「敵の首魁《しゅかい》は倒した。残りは残党。さっさと狩ろう」

「了解であります！」「大丈夫！　すぐに片付くわ！」

シアとセルリスはヴァンパイアたちとの戦闘を優位に進めていた。

ニアやルッチラ、ガルヴは俺に返事をする余裕はないらしい。それでも悪くない動きだ。

ケーテも、ヴァンパイアどもをどんどん屠《ほふ》っている。

転移魔法陣から出現するヴァンパイアも打ち止めになったようだ。

シアたちは戦局を優位に進めてくれていた。そこに俺が加われば、すぐに片付く。

そうしてすべてのヴァンパイアを討伐したあと、念のために魔力探知を発動する。

俺たちから逃れた者がいないか、確かめるためだ。

「ルッチラ。疲れているだろうが、魔力探知を忘れるな」

「はぁはぁ。はいっ！」

俺が魔力探知をしているので、今回に限ればルッチラは休んでいてもいい。

だが、魔法の訓練のためだ。それに戦闘における魔導士の心得を教えるためでもある。

ルッチラは素直に魔力探知を発動した。疲れている割に範囲が広い。

なかなかの魔導士に育っている。頼もしい。

俺はルッチラよりずっと広い範囲に魔力探知をかけていく。

ヴァンパイアを含めて、周囲に敵影はないようだ。

「どうだ、ルッチラ」

「はい。周囲に敵の気配なしです」

「お疲れさま。ルッチラ、全体的にいい動きだった」「ここぅ」

ゲルベルガさまも俺の懐から顔だけ出して、やさしく鳴いた。

ルッチラを褒めているのだろう。

「ありがとうございます。ロックさん。ゲルベルガさま」

ゲルベルガさまにも褒められて、ルッチラは嬉《うれ》しそうだ。

「シア、ニア、セルリスも強くなったな」

「お世辞でも嬉しいでありますよ」

「ありがとうございます！」

「ロックさんは、あまりお世辞は言わないわ！　自信になるわね」

三人ともすごく嬉しそうだった。

「がうー」

そこでガルヴが俺に体を押し付けてきた。ガルヴも褒めてもらいたいのかもしれない。

「ガルヴも強くなったな。いい動きだった」

「ガウ！」

だからそう褒めてやると、尻尾をびゅんびゅんと振った。

「それにしても、大量のヴァンパイアだったな。全部で何匹だ？」

「八十匹ぐらいでありますよ」

「そんなにか……。とりあえず死骸の処理を始めてくれ」

「了解であります」

そう言ってシアたちが死骸の処理を開始した。アークヴァンパイア以上は死ぬと灰になるので処理は楽だ。

俺はというと、エリックとゴランに連絡を取ることにした。

そのとき、ばさばさ羽をはばたかせながら、ケーテが寄ってきた。

顔が近い。竜形態のケーテは顔も体も巨大なので、圧倒される。

「ロック、ロックっ！　我はどうであったか？」

「何が？」

「戦いぶりとか……そういうのである！」

ケーテはシアたちと違って、元から強い。だから講評しなかった。

逆に失礼に当たると思ったからだ。だが、ケーテは俺の講評を期待していたようだ。

「ケーテも強かった。見事な動きだった」

「そうであるかー」

俺がそう言うと、ケーテは満足げにうなずき、尻尾をゆっくりと揺らした。

その様子を見ながら、俺はエリックとゴラン、ドルゴに通じる通話の腕輪を作動させた。

「少し報告がある」

『お、何があった？　ダークレイス関連で何かあったのか？』

最初に返答をしてきたのはエリックだった。

エリック、ゴラン、ドルゴ、そして水竜の集落にはダークレイスについて報告してある。

「そのとおりだ。少し厄介なことがあってな」

エリックから少し遅れて、ゴラン、ドルゴ、そして水竜のリーアとモーリスからも返答があった。

全員が聞いていることを確認して俺は説明を始めた。

「今ちょうど狼の獣人族の屋敷を強化して、魔道具を設置し終わったところだったんだが……」

ダークレイスの襲撃があったこと。それにレッサーヴァンパイアが同行していたこと。

そして謎の魔道具があり、隠ぺいを解除したら大爆発したこと。

爆発に合わせて転移魔法陣からヴァンパイアハイロードやロードの大群が出現したこと。

それらを手短に報告していく。

「で、今から俺は転移魔法陣をくぐって、向こう側を掃除してくる予定だ」

『ちょ、ちょっと待て！』

『まあ、待て。ロックよ』

ゴランとエリックが慌てていた。

「どうした？　何か問題があるか？」

『問題しかねーぞ。俺もすぐに向かうから待っていろ』

「そんな時間はないいんじゃないか？　向こうから魔法陣をふさがれる可能性もあるしな」

『まあ、落ち着け。ロック』

エリックがなだめるように言う。俺が焦《あせ》っているように思えるのかもしれない。

「待てというのなら待つが……」

『とりあえず、十分ぐらい待ってほしい』

『そうだ。少しだけ待ってくれねーか？』

「わかった」

その後、しばらくエリックやゴラン、ドルゴの通話の腕輪からバタバタ音がしていた。

エリックたちはエリックたちなりに、何かしているのだろう。

何をしているのかは知らないが、とりあえず待っておこうと思った。

すると、会話が一段落したと察知した水竜の王太女リーアが話し始めた。

『ロック。爆弾なんて、とても怖いの』

「リーアか。そうだな、怪しいものを見かけても不用意にいじらないようにしないとな」

『うん。わかっているの』

『ロックさま。我らも何か対策を考えましょう』

「モーリスさん。対策といいますと、具体的には？」

『はい。水竜の結界術を使うのですが……』

モーリスがそう言って対策の中身を詳細に説明してくれる。

水竜の結界術を利用して、爆弾を察知する術を組み立てる方法があるらしい。

だが、複雑な術式が必要になるようだ。

水竜の魔法の系統は俺も少しだけ学び始めたばかり。知らないことがまだまだたくさんある。

「そんなことが可能なのですか？」

『非常に難しいですが……。やってみましょう』

「よろしくお願いします。対策が可能ならば、とても助かりますから」

そんなことを俺とモーリスで話していると、またリーアの声が聞こえてきた。

『……あの、ロック。モーリスができなくても責めないであげてほしいの』

「もとより責めるつもりはないから安心してくれ」

『さすがロック。やさしいわ』

水竜の魔法技術を使っても、リーアがモーリスの失敗を懸念《けねん》するほど難しいのだろう。

『リーアもモーリスのことお手伝いするわね』

「それは心強い」

『うん。がんばるの』

リーアは張り切っているようだ。

俺はモーリスに語り掛ける。

「協力できることがあればおっしゃってください」

『そうですね……。爆弾の現物があれば、より確実なのですが』

「現物は爆発して消失してしまいました……」

爆弾の現物というのは、つまるところ魔素を利用した魔道具だ。

術式や魔導回路ごとエネルギーに変換して一気に拡散してしまう。

そうすることで威力を高めるのだ。そして後には魔素しか残らない。

ゆえに、爆発してしまった後どのようなものだったのか調べるのは困難なのだ。

「解析にかかった瞬間、爆発されてしまったものですから……」

『ロックさんでも、構造をまったく把握できなかったのでしょうか？』

あのとき構造解析をしていたのはルッチラだ。俺が自分で解析していたらまた違ったかもしれない。

とはいえ、俺も後ろから真剣に観察していた。不十分だが、わかっていることもある。

「ルッチラ。一瞬だっただろうが、わかったことをモーリスさんに説明してあげなさい」

ルッチラはすぐ近くで待機していた。そうして、俺が促すと通話の腕輪に顔を近づけて語り始めた。

「あ、はい。といいましても、ほとんどわかっていないのですけど……」

『ルッチラさん、どんな些細《ささい》な情報でもありがたいですから。ぜひお願いいたします』

「わかりました」

ルッチラはそう言って口を開いた。一瞬だったというのに結構しっかりと解析していたようだ。

モーリスを感心させたほどだ。

「ぼくがわかったのはこのぐらいです。ロックさんは何かわかりませんでしたか？」

やはり俺が後ろから観察していたことは、ルッチラにはわかっていたようだ。

「そうだな。一瞬だった割にルッチラの分析は見事だ。俺が付け足すことはほとんどない」

「ありがとうございます」

「あえて言うならば……」

俺はルッチラが気づかなかったことを、いくつかモーリスに報告した。

「すごいです。後ろから見ていただけなのに……」

『さすがロックどのです。もちろんルッチラさんも見事です』

「どうでしょうか？　何とかなりそうでしょうか？」

『私が想定していたよりも情報を得ることができました。何とかなると思います』

「それはよかった」

そうして爆弾についての情報交換を終えたあと、モーリスが言う。

『……ロックさん。愚息《ぐそく》はご迷惑をおかけしておりませぬでしょうか？』

モーリスの言う愚息とは当然モルスのことだ。モーリスは少し不安そうだった。

モルスは今、ダントン屋敷の強化をするために残ってくれている。

「モルスさんにはとても助けられています。ありがとうございます」

「うむ。モルスは大活躍だ。助かっておるのだぞ」

ケーテも太鼓判を押した。

『そう言っていただけると、ありがたいです。ところで、愚息は今どこに？』

モーリスはモルスと会話をしたいのかもしれない。

「モルスさんにはダントンの屋敷に残ってもらっているのです」

『愚息が何か問題を……』

「そういうわけではないのだ。我は構わぬと言ったのだが、我が背に乗るのを断ったのだ」

『なるほど。それは当然です。愚息が陛下の背に乗っていたら、許さぬところでした』

『……ケーテ。さすがに自重しなさい。ケーテは風竜王なのだぞ』

モーリスだけでなく、準備すると言ってから黙っていたドルゴまで忠告している。

やはり、竜の文化では上位者の背中に乗るというのは特別な意味があるようだ。

「ふむぅ。その方が早いのだがなぁ」

だが、ケーテはあまり気にしていないようだった。

「我らにとって、背に乗ることは特別な意味があるのだからな」

そのとき、上空から直接ドルゴの声が聞こえてきた。

俺のすぐ近くに顔を寄せていたケーテがびくっとして後ろに跳ぶ。

それだけで大体十歩分ぐらいの移動距離だ。風竜王ケーテの体はそれだけ大きいのだ。

「うわ、父ちゃん。気配を消して近づくのはやめるのである！」

「別に消してなどいない。油断しすぎだ」

そして、ドルゴは俺の近くに降り立った。その背にはエリックとゴランが乗っている。

確かに十分ほど待てと指示された。だが、まさか十分でやってくるとは思わなかった。

風竜の翼をもってしても、かなり急ぐ必要があっただろう。

俺はドルゴに頭を下げる。

「お忙しいところ申し訳ありません」

「いえいえ。ちょうど娘にも会いたいと思っていたところですし」

そう言って、ドルゴは笑った。俺はドルゴの背から降りたエリックとゴランに言う。

「随分と早いな」

「当然だ。たまたま三人とも王宮にいたのだ」

「だから、急げばこのぐらいで駆けつけることもできるってもんだ」

エリックとドルゴはどや顔だ。

「まさか、王宮から飛び立ったのか？」

「そんなことはしない。大騒ぎになるからな」

「だろうな」

「ロックの屋敷経由で、王都の外に出て、飛び立ったのはそこからだな」

エリックもゴランも、そして人型のドルゴも走っても速い。

ものすごく高速で走る三人の人影の噂《うわさ》が立たないか心配だ。

エリックはすぐに周囲を観察して、転移魔法陣に目を向けた。

転移魔法陣はまだ活性化《かっせいか》されたままだ。

こぶし二つ分ほどの魔道具から空中に鈍く光る大きな魔法陣が展開されている。

「これが例の転移魔法陣か？」

「そうだ。この中からハイロードを含めた大量のヴァンパイアが湧《わ》いてきた」

「早速、中に入るとするか」

エリックは張り切っているようだ。

「その前に、狼の獣人族に連絡しないといけないだろう」

「それは上空で済ませた。抜かりはない」

ドルゴの背の上で連絡したということだろう。さすがは国王。できる男だ。

そのとき、セルリスが叫ぶように言う。

「私も行きます」

「セルリス。お前は留守番だ」

ゴランがはっきりと告げた。これまでも何度か見たやり取りだ。

俺はへこんでいるセルリスに言った。

「セルリスが成長しているのは知っているが、今回ばかりは予測が立てにくい」

「私では対応できない可能性が高いってことよね？」

「正直、それもあるが、こちら側でも何が起こるかわからない。戦力は残しておきたい」

セルリスをなだめるための方便でもあるが、それだけではない。

実際、こちら側に戦力をある程度は置いておきたいのは事実なのだ。

ケーテが首をかしげながら言う。

「うーむ。ニアとルッチラはともかく、セルリスは連れていってもいいのではないか?」

「ケーテ、そうは言うがな」

「シアは連れていくのであろう?」

「当然、あたしは行くでありますよ。狼の獣人族の集落が襲撃を受けたであります」

シアは迷いなく言う。

ヴァンパイア狩りの一族である狼の獣人族が、ヴァンパイアに襲われたのだ。

しかも、複数の族長の屋敷に、ほぼ同時に攻撃を仕掛けられた。

「これは狼の獣人族に対する完全なる宣戦布告でありますよ」

「……そう、なるのか?」

俺は少し返答に困ってしまった。

ヴァンパイアと狼の獣人族は、ずっと昔から戦闘中だ。いまさら宣戦布告もないだろう。

「特大爆弾の使用から考えて、殲滅戦《せんめつせん》を仕掛けられたと言わざるを得ないであります」

「シアの気持ちはわかるが、うむぅ」

俺は少し考えた。

ヴァンパイアが狙ったのは、むしろ王宮の方だと俺は思う。

狼の獣人族では爆弾を解析するのは難しい。

調査依頼を出せば、枢密院《すうみついん》主導で王宮に近い宮廷魔導士か宮廷錬金術士が調べることになる。

そうなれば爆弾はそこで爆発しただろう。

「……とはいえ、この短期間で爆弾が王宮に運ばれるとは考えにくいのも事実だな」

にもかかわらず、ヴァンパイアどもは湧いてきた。

王宮もしくは、狼の獣人族のどちらかを殲滅できればそれでいいと考えていた可能性も高い。

「ロックさんの言うとおりであります」

そして、シアは俺たちを見回しながら言う。

「ということで、狼の獣人族が今回の戦いに参加しないのはあり得ないであります」

ほかの狼の獣人族の戦士を呼びに行くのは、さすがに時間がもったいない。

そして、ニアは未熟すぎる。となるとシアを連れていくしかない。

「シアが行くなら、私も行くわ！」

「そうは言うがな」

ゴランは、まだためらいがあるようだ。

「よいではないか。かわいい子は虎穴《こけつ》に放り込めというのである」

「……言わないだろう。そんなことわざ聞いたことない」

俺が言うと、ドルゴがこそっとつぶやくように言う。

「……実は竜族にはそういうことわざがあるのです」

「そうなのですか？」

「はい。実際に放り込むこともありますし」

竜は子供でも強い。弱い人間とは違うということなのだろう。

ケーテの意見を聞いて、エリックが小さな声でゴランに言う。

「ゴラン、まあよいのではないか？　戦力的には、すでに一流の戦士だ。危険ではあるが……」

「……そうだな。セルリス。同行を許すが指示は聞け。一人で突っ走ることは絶対にするな」

「わかっているわ。ありがとう！」

セルリスはとても嬉しそうだ。だがゴランは不安そうに俺の耳元で言う。

「ロック。いろいろと頼む」

「わかった。安心しろ」

俺はゴランを安心させるように、微笑《ほほえ》んでおいた。

結局、セルリスとシアが同行することで話は落ち着いた。

そこでなぜかケーテが俺の鼻先すぐ近くに顔を持ってくる。

「むふーむふー」

「どうした、ケーテ、顔が近いぞ」

「ロックが知らないだけで、かわいい子は虎穴に放り込めということわざはあるのである」

「竜族のことわざでは、そうらしいな。俺は知らなかったが」

「むふふー」

この上ないどや顔だ。

そんなケーテの後ろから、ドルゴがぺちんと頭を叩《たた》いた。

大して痛くはなさそうではある。

「いい加減にしろ。調子に乗るな」

「……わかったのである」

「ロックさん、バカ娘がすみません」

「いえいえ」

ケーテはドルゴに叱《しか》られたことは気にしていないようで、転移魔法陣を観察し始めた。

「転移魔法陣は大きいが、我がこの姿で入るには少し小さいかもしれないのである」

「そうだな。向こう側がどのような空間なのかもわからないしな」

あれだけ大量のヴァンパイアが出てきたのだ。狭い部屋ということはないだろう。

だが、巨大な風竜王が動き回れるほど大きな空間かは疑問が残る。

「人型になって向かうしかないのであるなー」

「ケーテは屋敷で待っていなさい」

「何でだ、とうちゃん！　ケーテはかなり強いのである」

「まだ父の方が強い。ケーテは大人しく待っていなさい」

「ケーテが行くのだ。父ちゃんが残るとよいのである」

「いや……」

「いや、じゃないのである！」

風竜の親子はしばらく話し合った後、同時にこちらを見た。

「どっちが同行するかロックに決めてもらうことにしたのである」

「ロックさん。お任せします」

「そうですね……」

突然話を振られて考える。

戦力的にはどちらも強力だ。

だが経験に裏打ちされた判断力という面で、ドルゴの方が安心感がある。

それを踏まえて、俺は決めた。

「ドルゴさん。残ってもらってもよろしいですか？」

「むふふー。さすがロックである！　的確な判断力！」

「……理由をうかがってもよろしいですか？」

「ドルゴさんの方が、不測の事態への対応力が高いからです」

不服そうに言うドルゴに俺は一言そう言った。

魔法陣の向こうには俺が同行するので指示もフォローもできる。

だが、こちら側はその場にいる者に判断してもらうしかない。

こちら側で不測の事態が起こったときのことを考えると、ケーテよりドルゴの方が安心だ。

「なるほど。理解いたしました」

俺の判断理由はドルゴに正確に伝わったようだ。

「さすがロックであるなー。人型になってくるから少し待っているのである！」

ケーテにはいまいち伝わっていないようだが、その方がいいだろう。

ケーテは物陰めがけて走っていった。

少し前まで、ケーテは人型になるときや竜形態に戻るとき、所かまわず裸になっていた。

セルリスとルッチラに叱られて、人前で裸になるのはやめたのだろう。

ケーテも人族の文化になじみ始めているようだ。

そんなケーテを見送りながらドルゴが言った。

「娘をどうかよろしくお願いいたします」

「はい。とはいえ、ケーテさんは強いですから、頼りにしています」

「ロックさんにそう言っていただけると、父としても嬉しいです」

そんなことを話している間に人型になったケーテが戻ってきた。

「待たせたのである」

「早いな」

「人型になって服を着るだけであるからなー」

確かにケーテの服は着替えやすそうな服だ。

だぼだぼの白い麻の貫頭衣だから上からかぶるだけで済むのだろう。

「ちょ、ちょっと、ケーテ！」

「どうしたのであるか？　セルリス」

セルリスが慌てた様子で、ケーテを連れていく。

「さすがにあの格好は、あまりよくないな……」

「レフィに似ているかもしれぬ」

ゴランとエリックがそんなことを言った。

ケーテの貫頭衣はだぼだぼかつ下着をつけていないので、ものすごい破廉恥《はれんち》な感じだった。

まだ裸の方がましである。

「うちのバカ娘が、本当にすみません」

「いえいえ、文化の違いはありますから」

恐縮しきっているドルゴに、笑いながら、そんなことを言っておく。

思ったより早くセルリスとケーテが戻ってきた。今回はちゃんとした服を着ていた。

色が違うだけで、セルリスの服によく似ていた。

「これで大丈夫よ。少し待たせたわね」

「ケーテが着ているのは、セルリスの服か？」

「そうよ！」

「準備がいいな」

「魔法の鞄《かばん》に着替えをいくつか入れてあるの」

さすがモートン家のお嬢さんだ。Ｆランク冒険者なのに魔法の鞄を持っているらしい。

「ケーテ。似合っているぞ」

「そうであるか？　ふむー。少しきつい気がするのである」

そんなことを言いながら、ケーテは胸のところを引っ張ったりしていた。

「……そんなことないわ。戦闘するのだから、そのぐらいの方がいいの！」

「そうであるかー。セルリスありがとうなのである」

セルリスが若干ムキになってそう言うと、ケーテはすんなり納得したようだった。

「で、向こうに行くのは俺とケーテ、ゴランとエリック。それにシアとセルリスだな」

「ガウ！」

「ガルヴも行くのか？」

「ガウガウ！」

「じゃあ、ついてこい」

そういうことになった。

第十一章

俺《おれ》は改めて全員に向けて言う。

「まずは俺が入る。状況がどうあれ、すぐに向こうから連絡するつもりだ」

「連絡がなければ、通話の腕輪を使えない状況ということだよな？」

「ゴランの言うとおりだ。その場合は魔法陣を破壊してくれ」

「いや、すぐに増援に向かおう」

エリックが力強く言う。気持ちはありがたいがそれは困る。

「もし即死系トラップがあったら無駄に全滅だ」

「それも、ロックが防げないやつがあるってことだよな。わかった」

エリックはまだ納得していないようだが、ゴランはわかってくれたようだ。

魔法陣から最後に敵が出てきてからかなり時間が経《た》っている。

いつ、向こうからふさがれてもおかしくはない。ゆっくりはしていられない。

簡単な打ち合わせをした後、すぐに俺は転移魔法陣に飛び込んだ。

視界がぐにゃぐにゃした後、まぶしい光を感じた。

転移先は広くて明るい広間だった。壁も床もきれいな大理石で作られている。

部屋はとても広く、竜形態のケーテでも中で動けるほどだ。

部屋には一つの大きな扉があった。その扉もケーテでも問題なくくぐれるだろう。

そして、アークヴァンパイアが三匹いた。魔神王の剣で素早く首をはねる。

部屋の中にほかに敵がいないことと、トラップの有無を確認するため魔力探知《マジック・サーチ》を発動させる。

それと同時に通話の腕輪に小声で話し掛けた。

「今、魔力探知をかけているところだが、ひとまず危険はなさそうだ」

『……』

返事はないが、耳をすませば息遣いが聞こえる。

エリックたちにはこちら側の状況が詳細にはわからない。

だから、俺は声を出しているとはいえ、念のために声を発しないのだろう。

部屋の中にトラップの存在がないことを確かめて、

「よし、探知が終わった。こっちに来てくれ」

すぐに転移魔法陣が輝いて、こちら側に皆が来る。

『どこに敵の耳があるかわからない。一応念話で会話しよう』

『わかっている。で、ここはどこだ?』

エリックが顔をしかめた。

『立派な大理石で作られた広い部屋。宮殿か城ってところか?』

『そうだと思うが、我が国にこのような建物はないはずだが……』

ここまで立派な建物であれば、エリックが知っていないとおかしい。

『ということは、他国か？』

『可能性はあるな。面倒なことだが』

エリックは国王。他国に行くとなると、政治的な問題が発生する。

『非常時だから仕方ないだろう』

『そうであります。先に攻撃を仕掛けられたのはこっちでありますからね』

『ま、誰《だれ》かに会っても正体を明かさなければ問題ねーだろ』

そう言ってゴランはニコッと笑った。

『さて、ここがヴァンパイアどもの拠点だとして、ボスはいるのか？　ロックわかるか？』

エリックに尋ねられて、俺は改めて魔力探知をさらに広範囲にかける。

『そうだな……。いちいち壁に魔法的防御をかけられているから探知が難しいな』

『そこを何とか頼むぜ』

『簡単に言ってくれるな』

魔法的防御をかけられているということは、逆に魔力探知を察知されるかもしれない。

慎重さと繊細さが求められる。

そして、この場で魔法を使えるのは俺とケーテだけ。俺がやるしかないだろう。

俺が慎重に魔力探知を進めていると、

『まあ、普通に考えていないわけねーよな』

『そうでありますねー』

『ハイロードは転移してきて、ロックに倒されたんだろう？　その上がいてもおかしくない』

『そうであるなー』

念話の使えないセルリス以外、みんな自由に念話で会話していた。

そしてガルヴは部屋の臭いをかいで回っていた。

『ガルヴ、一応俺のそばにいなさい』

魔力探知しながら、ガルヴに語り掛ける。ガルヴは素直に俺の真横に来てお座りした。

そうこうしているうちに魔力探知が完了する。

魔力探査《マジック・エクスプロレーション》に切り替えながら、魔力探知でわかったことを皆に報告する。

『建物自体かなりでかいな。種類まではわからないが、人型の魔力反応が多数ある』

『建物の大きさまでわかるのか？』

エリックの問いは当然といえる。魔力探知は魔力を持つ者を見つけるものだ。

生物や魔道具の位置と数はわかっても、建物の大きさはわからない。

『壁にいちいち魔法防御をかけてくれているからな。だからわかった』

『なるほどな。その魔法防御の強度はどのくらいなんだ？』

『かなりしっかりしたものだ。魔法に対する耐性も物理耐性も高い』

『人型の反応って言うのは、ヴァンパイアでありますかね？』

『今魔力探査をかけているところだが、ヴァンパイアの可能性は高いだろう』
部屋の中を調べ始めたケーテが言う。
『建物は大きいって、どのくらい大きいのであるか？』
『エリックの王宮より大きいかもしれん』
『ほほう。それはすごいのである』
そのとき、ふんふん鼻を鳴らしながら、ガルヴが鼻で俺の手をつついた。
俺がガルヴに目をやると、ガルヴはケーテの方を見る。
ガルヴは「ケーテが勝手に歩き回っているけど大丈夫か？」と尋ねているのだろう。
ケーテはガルヴより強い。魔導士としての素養もある。だから、大丈夫だと思う。
だが、群れの仲間を心配するガルヴの心がけは褒めるべきことだ。
だから、俺はガルヴの頭をなでなでしておいた。
その間も俺は魔力探査を続けていく。魔法防御をかけられた壁のせいで難度《なんど》が高い。
慎重に進めていく必要があるので時間がかかる。
とはいえ、壁のおかげで間取りがはっきりとわかるので、助かるという一面もある。
俺もよく建物に魔法防御をかけることがある。
だが、魔力探知で間取りがばれるということまでは考えていなかった。
これからはそういうことにも気を配らなければなるまい。
いったん俺は皆に魔力探査の途中経過を報告した。

『やはり人型の反応のほとんどはヴァンパイアだな』
『種類は何であるかー？』
ケーテが相変わらず緊張感のない声を出す。逆にセルリスは緊張しすぎているようだ。
ずっと剣の柄に右手を触れている。経験が少ないので仕方がない。
『レッサーの数は少ないな。アークとロードが大半だ』
『ほう？　エリートの集まりってやつか』
『ただの拠点ではないと考えた方がいいな』
俺の伝えた情報を元にゴランとエリックが分析を始める。
『ハイロードはいないでありますか？』
『今のところ……あ、いるな』
シアに問われた直後にちょうど見つけた。今いる部屋からかなり離れた部屋にいる。
『そいつがボスでありますかね？』
『かもしれない』
そのとき、ハイロードのいる部屋の近くに複数の人間がいるのを見つけた。
『人間がいるな。五名。全員魅了をかけられている』
魔力探査は、魔力探知と違って魅了をかけられている者を判別できるのだ。
『眷属《けんぞく》ではないのか。ならば助けられる』
『ああ、不幸中の幸いってやつだな』

エリックとゴランが真面目《まじめ》な顔で言う。

一部屋に閉じ込められていることから考えて、使用人ではないだろう。

ハイロードの食糧代わりの人間と考えた方がいい。

『人質に取られたら厄介《やっかい》でありますね。隠密《おんみつ》行動を心掛けた方がいいかもしれないであります』

『そうだな。シアの言うとおりだ』

俺が同意すると、シアの尻尾《しっぽ》が静かに揺れた。

そしてやっとのことで、俺の魔力探査が完了する。

改めて建物の構造や大体の敵の配置などを報告しようとした、まさにそのとき。

——ドゴオオォォオオ
今いる部屋の正面、一番大きな扉が吹き飛んだ。

その向こうには魔装機械がいた。それも四機。

入り口が大きく、部屋が広いのは魔装機械を運用するためだったのかもしれない。

部屋に侵入してくると同時に魔装機械は超高速で鉄の玉をばらまいた。

「防御は任せろ！」

俺がそう言う前に全員素早く動き始めていた。俺が防御すると信じてくれているのだ。

エリック、ゴラン、ケーテはさすがの動きだ。一瞬でそれぞれ一機ずつ魔装機械を破壊した。

セルリスとシアも姿勢を低くして、魔装機械との間合いを一気に詰めていく。

そうして、二人で連携して、魔装機械を破壊した。

魔装機械四機の沈黙を確認した後、エリックが言う。

「侵入がばれたか」

「俺に魔力探査をかけられたことに気づいたのかもしれない」

魔装機械は、ちょうど俺がヴァンパイアハイロードに魔力探査をかけた直後に襲ってきた。

魔力探査をかけられたことで俺の存在に気づけたのならば、相当の実力者と判断せざるを得ない。

「魔装機械は魔力探知に引っかかっていたのか？」

ゴランが真剣な表情で聞いてきた。

魔力探知は魔力を持つ存在を探す魔法で、魔力探査はその存在がどういうものか調べる魔法だ。

それゆえ魔力探知に引っかかった存在を、魔力探査で調べるというのが基本になる。

魔力探知に引っかからなければ、そもそも魔力探査をかけることはないのだ。

「魔装機械は、俺の魔力探知には引っかかっていなかったんだ」

「なんだと……」

エリックが息を呑んだ。ゴランも顔をしかめる。

機械であっても魔石を動力源にしている以上魔力探知には引っかかる。

だが、それを防ぐために厳重に隠ぺい魔法がかけられていた。

言い訳になるが、さっきは魔法防御をかいくぐりながら広範囲を一気に探知する必要があった。

だから、精度を落としていたのが見逃した原因だ。

それでも探知し損ねたのは俺の責任。反省せねばならないだろう。

「俺のミスだ。すまない」

「いや、ロックが探知していなかったということがわかっただけで充分だ」

「ああ。とんでもない魔法の使い手がいるって考えた方がいいだろうな」

エリックとゴランがそう言うと、シアたちも緊張した様子でうなずいた。

想像以上の強敵がいる以上、シアたちには荷が重い。

「とりあえず、作戦を続行する前にシアとセルリス、それにガルヴは転移魔法陣から――」

俺がそこまで言ったとき、

――ガキィィイン
転移魔法陣から大きな音が響いた。

転移魔法陣が刻まれていた魔道具が砕け散ったのだ。

「シアたちには転移魔法陣で向こう側に戻ってほしかったんだがな」

「ロックの言うとおりだが、こうなったら仕方あるまい」

「……誰も逃がすつもりはないってことだな」

ケーテが言う。

「ふむう。ロックなら転移魔法陣を修復することはできぬのか？」

「できると思うが、一から作るより難しいな」

「時間はどのくらいかかるのだ？」

「一日あれば確実に。もしかしたら半日でできるかもしれない」

「ロックでもそれぐらいかかるのか……。事実上不可能といってもいい難度であるなー」

転移魔法陣を修復する間、ここに引きこもるというのは明らかに愚策《ぐさく》だ。

向こうには多様な攻撃手段があるのだ。打って出た方がいいだろう。

「とりあえず、ボスのハイロードを殺すか」

「そうだな。それが一番早いだろーな」

「ああ。そうしよう」

そういうことになった。


早速、俺は基本の作戦を説明することにした。一応作戦伝達には念話を使った方がいいだろう。

『ハイロードは俺たちに任せろ。シアとセルリスは捕まっている人間を保護してほしい』

『わかったであります』

「……」

シアは念話で返事をして、セルリスは無言でうなずいた。

『ガルヴは……そうだな。状況を見て指示を出そう。だが基本はセルリスたちに同行だ』

「がう」

ガルヴは少し不満気だった。俺と一緒に戦いたいのだろう。

『ガルヴ、そう言うな。ボスを相手にするためとはいえ、こっちに戦力が偏りすぎているんだ』

「がぅ……」

『それに人間を探す際にもガルヴの鼻は役に立つんだ』

そして俺はガルヴの頭を撫《な》でながら声に出して言う。

「頼りにしてるぞ」

「がう！」

ガルヴはやっと嬉《うれ》しそうに尻尾を揺らした。

『とはいえ、別行動するのは最後の最後だ。ハイロードと人間のいる部屋は近いからな』

「そうだな。不幸中の幸いといえるかもしれねーな」

「もっとも、今の時点では本当に幸いかは何とも言えぬがな」

そうして、早速出発しようとするとケーテが言う。

「さっきから普通に話したりもしておるが、よいのであるか？」

「ああ、もう侵入したことはばれてるからな」

「それでも奇襲しようとしていることを考えると静かにした方がいいと思うのである」

「ケーテ。慎重に周囲の魔力の流れを解析してみろ。魔力探知がかけられているだろ」

「………なんと、本当であった」

やはり、敵はよほど高位の魔導士のようだ。

ケーテに気取られずに魔力探知をかけているのだから。

ケーテは言動から頼りないイメージはあるが、仮にも風竜王。

竜族の中でもトップクラスだし、人間基準でいえば超が何度もつく一流の魔導士だ。

普通の超一流魔導士による魔力探知ならば、かけられた瞬間に気づくだろう。

「ハイロードには俺たちの居場所は筒抜けだ。奇襲は不可能だ」

「ふむ？　だが……」

ケーテは「ハイロード以外には奇襲が通じるのでは？」と言いたいのだろう。

「ほかのロード程度なら奇襲するまでもない」

俺の言葉に、エリックがうなずいて言う。

「意思の疎通を不便にしてまで、ロード如きに奇襲する必要はない」

『もちろん相手に知られたくないことは今後も念話を使うつもりだ。セルリスには不便をかける』

俺は念話で補足しておいた。念話で発話できないのはこの場ではセルリスとガルヴだけだ。

「……」

セルリスは無言でうなずいた。

そして俺は紙を取り出して簡単に建物の見取り図を描く。

全員にこの建物の構造を把握《はあく》させるためだ。

『エリックとゴランには言うまでもないことだが、魔法防御のかけられてない壁はわからない』

『そういうものなのでありますね』

『魔法防御がかかってなくても石や鋼鉄なら通れねーからな。一応注意だけはしといた方がいい』

ゴランが補足して説明してくれた。

もっともゴランやエリック、そしてケーテならば石も鋼鉄もさほど障害にはならないだろう。

だが、シアやセルリス、ガルヴはそうはいかない。

俺は見取り図を描いている間、改めて魔力探知を念入りにかけた。

さっき魔装機械を見逃してしまったからだ。

『調べなおしたが、まだ魔装機械がいるな。恐らく向こうは奇襲をかけてくるつもりだろう』

『そういうことなら、奇襲を食らうふりをしてやろうじゃねーか』

ゴランが笑顔で言う。

自分も魔力探知で周辺を調べていたらしいケーテが俺を見た。

『我の魔力探知では昏竜《イビルドラゴン》を見つけられなかったのだが、ロックの探知ではどうだったのである？』

『俺が調べた限り、建物内には見つけられなかったな』

『ふむう。ということは外にはおるのであるな？　我は建物外は調べてなかったのだ』

『いるぞ。特大のが十頭。建物の中に入るには大きすぎるんだろう』

それを聞いて、エリックが言う。

『一応、建物の中にいないとはいえ、近くにいるのは間違いない。頭の片隅にはおいておこう』

『ああ、そうだな。ロック、先導を頼む』

『任せろ。ゴラン、殿《しんがり》は任せた』

『おう』

俺が走り出すと、全員がついてくる。

隊列は俺のほぼ横、わずか後ろにガルヴ、ガルヴの横にエリックだ。

ガルヴたちの後ろにケーテ、そのさらに後ろにシアとセルリス。最後尾がゴランの順だ。

『どうせばれているんだ。全滅させながら行くぞ』

『了解』

ロードたちはともかく、とても強力な魔導士が存在するのは確かなのだ。

いざ、強敵と戦うという段になって、雑魚《ざこ》に後方から襲われるのは厄介だ。

どうせ魔力は有り余っている。全滅させて後顧《こうこ》の憂《うれ》いを断ちながら進んだ方がいいだろう。

それに部屋の中に昏《くら》き神の加護の魔道具などがあると困る。

『普通なら魔力探知で厄介な魔道具の存在はわかるんだが……』

『隠ぺいが得意なやつがいると、魔力探知をかけるにしても、面倒この上ないな』

『それより敵を全滅させて調べながら進んだ方が早いってぇことだな』

さすがにエリックとゴランは理解が早くて助かる。

俺は黙ってうなずくと、全員に言う。

『最初の部屋だが、ロード二匹、アーク四匹だ。扉のすぐ向こうで待ち構えている』

『『了解』』

皆の返事を聞くなり、俺は鋼鉄の扉を魔神王の剣で斬《き》り裂いた。

すぐにエリックとケーテが斬られた扉を蹴《け》り飛ばして中に飛び込む。

敵がこっちに攻撃を仕掛ける前に、ロードの心臓にエリックが聖剣を突き立てた。

ケーテのこぶしがもう一匹のロードの顔面を陥没させる。

アーク四匹のうち三匹はガルヴとシア、セルリスが仕留めた。残った一匹は俺が殺しておく。

殿のゴランは部屋の入り口で外を警戒している。

瀕死《ひんし》のロードやアークが霧やコウモリになって逃げようとしていた。当然逃がすわけがない。

俺は魔神王の剣を振り回し、すべてを吸収しておいた。


敵の全滅を確認したあと、俺とケーテは魔道具の存在などを調べていく。

『やはり高位ヴァンパイアと戦うときはゲルベルガさまがいた方がいいな』

『ああ、コウモリ一匹逃がせないというのは正直きついな。聖剣が効くからいいものの……』

エリックの言うとおりだ。

ゲルベルガさまがいればその一番大変なところを任せられる。

『ロック。ドレインタッチは使わねーのか？』

『敵の魔導士、恐らくハイロードがこっちに魔力探知をかけ続けているからな』

『ふーむ。正体を隠しながら進みてえってことか？』

『そういうことだ』

今俺たちには魔力探知がかけられている。当然ながら、魔力探査もかけられている。

もちろん俺は自身の魔力を隠ぺいしているから、詳細はばれてはいないはずだ。

とはいえ、ドレインタッチを使えばさすがに目立つ。

なるべく誰が魔導士かは知られない方がいい。

敵はケーテだけが魔導士だと思っているはずだ。ならばそのままにしておいた方がいいだろう。

その後も俺たちは順調に進んでいく。

部屋が大量にあるので時間がかかるが、味方に負傷者を出さずに進めている。

『シア、セルリス、ガルヴ。疲れてないか？』

『大丈夫であります』

「がう」

セルリスも無言でうなずく。だが、三者とも息が荒い。

『水を飲め。適当に何か食べるといい』

俺はそう言って魔法の鞄《かばん》から甘いお菓子と水を取り出してシアたちに配った。

エリックとゴランは自分で勝手にやっている。

ケーテが食べたそうな顔でこっちを見るので、ケーテにも渡す。

『次の部屋は俺とエリック、ゴラン、ケーテが中心でやるから、少し休んでいてくれ』

『いえ、戦えるであります』

『一番動いてほしいときに、万全に近い状態でいてほしいからな』

具体的には魅了された人間を救い出す時だ。

そのとき恐らく俺たちはハイロードと戦っている。

シアたちを手伝う余裕はないかもしれないのだ。

『そういうことなら……了解でありますよ。お任せするであります』
『ああ。休んでいていいが、気は緩《ゆる》めないようにな』
『わかっているでありますよ』
そうして、次の部屋は俺たちおっさんとケーテだけで対処した。
シアたちには部屋の入り口で警戒だけしてもらった。
俺はヴァンパイアロードの首をはねながら、念話でセルリスに語り掛ける。
『せっかくだし、念話での話し方のコツを教えておこう』
『今教えるのか？　さすがに難しくねーか？』
ゴランがアークヴァンパイアとヴァンパイアロードを連続で斬り捨てながら言った。
『念話での発話自体はさほど難しくないからな。もしかしたらいけるだろう』
そして俺はヴァンパイアを斬り捨てながらセルリスに念話のコツを伝えていった。
『……とまあ、こんな感じだ』
『理解したわ』
『ふぁっ！』「ガぁ？」
セルリスから念話で返事が聞こえてきて、ゴランとガルヴが変な声を出した。
『セルリス、コツをつかむのがうまいな』
『ロックさんの教え方がいいからよ』
念話での発話自体は難しくはない。

とはいえ教えて即座にできるほど簡単ではない。普通数日は練習しないと難しい。

ちなみにゴランは念話で発話できるまで二週間かかった。

もしかしたら、セルリスは魔導士としての才能もあるのかもしれない。


その後も俺たちは建物の中を順調に進んでいく。一部屋、一部屋確実につぶしていった。

エリックが念話で言う。

『そろそろか?』

『かもしれない』

俺がそう返すと、セルリスが首をかしげた。

『そろそろって、何がなのかしら? 敵のボスの部屋までもう少しってことかしら?』

セルリスは戦闘経験が少ないので、答えに思い至らないのだろう。

ここは丁寧に教えてあげるべきだ。

『敵のボスまでの距離はまだある。だが、そろそろ敵が何かしてくると思ってな』

『何かっていうと?』

『それがわかれば苦労はない』

『そっか、それもそうよね。変なこと聞いてごめんなさい』

『いや、いい問いだ。どんどん聞け』

俺がそう言うと、セルリスは笑顔になった。

そんなセルリスにゴランが言う。

『セルリス。逆に聞くが、敵が仕掛けてくるならどんなことが考えられると思う？』

『……そうね。各個撃破され続けているから、集結してみるとかかしら』

『それもあるだろうな。いい読みだ』

ゴランがセルリスを褒めた。

俺も悪い読みではないと思う。だが敵はこっちに高位の魔導士がいることを知っている。

集結したら大魔法で一網打尽《いちもうだじん》にされる可能性を考えるだろう。

逆に、もし集結してくれたならば、こちらとしてはとても助かる。

『ロックさんはどう思うでありますか？』

『そうだな……。ボスが前に出てきてもおかしくないかもな』

『配下をあまり減らされたくないってことでありますか？』

『ああ、アークヴァンパイアも敵からしたら重要な戦力なはずだ』

『もし、配下が大事でないなら……ボスは逃亡してしまうかもしれないんじゃ……』

セルリスの懸念《けねん》通りになったら、それが一番厄介だ。

だが、敵のボスは自分の力量に自信があるようだし、逃亡しないに違いない。

俺はそう考えながら、ボスが逃亡を開始しないよう魔力探査をかけ続けた。

しばらく同じように小部屋のヴァンパイアを倒しながら進んでいく。

その間、ボスに動きはなかった。

『もう少し走ればボス部屋だ』

さっき全員に見取り図を描いて間取りを説明しておいた。

だが、それから何度も戦闘を繰り返している。覚えているとは限らない。

だから、改めて全員に伝えることにしたのだ。

『大きな部屋を抜けたら、俺たちはボス部屋に向かう。シアたちは人間のいる部屋を頼む』

『了解したであります』

『任せておいて』

しばらく走ると、とても広い部屋に出た。竜形態のケーテが五頭ぐらい入れそうな広さだ。

左右には床から天井《てんじょう》に達する大きな窓がいくつもあった。これもケーテでもくぐれそうだ。

いや、窓というより、四本の太い柱の間にガラスをつけたといった方がいいかもしれない。

高級な板ガラスをふんだんに利用している。それだけでよほどの金持ちの屋敷と判断できる。

その部屋の奥に布のかけられた巨大な物体が並んでいた。

それを見てシアが首をかしげる。

『あれは何でありますか？』

『あれは——』

魔力探査をかけた俺が皆にその正体を伝えようとしたまさにそのとき、

——ガガガガガガガガガガガガガ

ものすごい爆音が周囲に響き、小さな金属片が超高速で撃ち込まれた。
布の中にあったのは、魔装機械だ。
自らの射撃によって布を吹き飛ばし、中から魔装機械十機が現れた。
横二列にきれいに並んだ魔装機械からの一斉射。逃れられる場所がない。
こういうときこそ魔導士の出番だ。俺は魔法障壁で全員をカバーした。
エリックとゴラン、そしてケーテが魔装機械との間合いを一気に詰めていく。
俺の張る魔法障壁に防御を任せて攻撃に専念することにしたのだ。
俺への信頼の証《あかし》だ。応《こた》えなければならない。
そうして、エリックたちが魔装機械に肉薄したそのとき、
——GAAOOOOOOAAAAAAA
俺たちの側面、広間の外から巨大な咆哮《ほうこう》が響き、同時に猛毒ブレスが撃ち込まれた。
大きな板ガラスが吹き飛んで、加速した破片が俺たちに向かって降《ふ》り注《そそ》ぐ。
昏竜の攻撃だ。それも一頭からの攻撃ではない。
広間の片側から五頭ずつ、計十頭が吐き出す強力な毒ブレスだ。
魔装機械の攻撃と昏《くら》き竜のブレスにより十字の射線が形成される。
元より横列による一斉射の時点で避ける場所はなかったのだ。
それに横からの毒ブレスも加われば、防御は非常に難しい。
さらに上から鋭利な刃物のようになったガラスの破片が高速で降り注ぐ。

しかも魔装機械の斉射は金属片を高速で飛ばすという物理的な攻撃だ。

昏竜の毒ブレスは魔法の毒属性攻撃である。毒というのが厄介だ。

当たらなくとも充分に効果を発揮する。面で防御しても空気の流れに乗って回り込んでくる。

ガラスの破片はとにかく数が多く、しかも動きがランダムすぎて予測できない。

「任せろ！」

それでも俺は大声でそう叫ぶ。焦《あせ》った前衛を安心させるためだ。

だが、杞憂《きゆう》だった。前衛たちは足をまったく止めていない。

金属片の斉射も、毒ブレスも、降り注ぐガラス片もすべて気づいているのに動じていない。

俺を強く信用してくれているのだ。

ゴランが魔装機械を剣で斬り裂く。炎の魔法の剣の効果によって切り口がどろりと溶けた。

エリックの聖剣が魔装機械の装甲を斬り裂いて、その中枢《ちゅうすう》にまで到達する。

ケーテはこぶしと足に風の魔法をまとわせて殴りつけ、思いっきり蹴り上げた。

高い天井まで魔装機械が吹き飛んでいく。

その間も俺は魔法障壁を張り、金属片とガラス片を防いでいった。

そうしながら、暴風嵐《テンペスト》の魔法を発動させる。

味方は巻き込まぬようにしつつ、広間の外周に暴風を走らせて毒ブレスを巻き込んで外に出す。

毒ブレスと一緒にガラス片もまとめて外にいる昏き竜どもに叩き返す。

一連の魔法の流れを成功させるには強力な威力に加えて繊細な魔法操作が必要だ。

攻撃のための風魔法なら、ケーテに頼むのが効率的に思える。

だが、今は攻撃ではなく防御のための風魔法だ。俺が実行するのがいいだろう。

「「「ＰＩＰＩＰＩＰＩＰＩＰＩ――」」」

後列にいた五機の魔装機械が、俺の暴風嵐に巻き込まれて天井まで舞い上がって激突する。

――ダガァァン
そして五機はほぼ同時に落下して大きな音を出した。

そのころには前列の魔装機械五機はエリック、ゴラン、ケーテが倒してくれていた。

だが、まだ部屋の外に昏き竜たちがいるのだ。

「ケーテ！　右を頼む！　手加減はしなくていい！」

「任せるのである！」

一気に竜形態になると、ケーテは広間の外に向けて強力な風のブレスを吐き出した。

石の柱を二本なぎ倒しながら、右の昏き竜五頭を斬り刻む。

「ＧＡＡＡＡＡＡＡ‼」

昏き竜たちが苦しそうに悲鳴を上げる。さすがは風竜王のブレスである。

威力の調節が必要ない風の魔法となると、やはりケーテは頼りになる。

一方、俺の担当は左の昏き竜五頭だ。

魔法の槍《マジック・ランス》を十五本生成し、一頭に三本ずつ撃ち込む。

――ドドドドドドド

昏き竜たちは避けようとしたが、俺の魔法の槍の方が速かった。

昏き竜たちに魔法の槍が深々と突き刺さっていく。

ケーテが担当した右の五頭が沈黙するのとほぼ同時に、左の五頭も沈黙した。


広い部屋に動く敵影がなくなって、シアがほっと息を吐く。

『ひとまず、終わりでありますかね？』

『そうね、何もできなかったわ』

「がう」

セルリスは魔装機械と昏竜を倒すことに貢献できなかったと反省しているのかもしれない。

ガルヴも少しへこんでいるように見える。とりあえず頭をわしわししておいた。

そうしながら、俺は皆に語り掛ける。

『随分と息の合った攻撃だったな』

『ああ、ボスとやらがこちらの動きを把握して仕掛けてきたのだろう』

『魔力探知か。こっちの動きがバレバレというのは気持ちが悪いな』

エリックとゴランが顔をしかめる。

「さて、そろそろボスの部屋だな。死骸《しがい》の処理は後でいいだろう」

「ああ、ボスを倒してゆっくりやればいいってもんだ」

そうゴランが言って、一歩踏み出したとき、

「まだ会ってもいないのに、もう我を倒したあとの話か？」

天井近くから男の声がした。

「随分と余裕ではないか。非力な人族とは思えぬ傲慢《ごうまん》さだな」

俺やエリック、ゴランを含めて全員が慌てて上を見る。

気配すらしなかった。魔力探知にも引っかかっていなかったのだ。

だが、天井近くに、確かに男は浮いていた。

「そうか。魔導士は二人いたのか。いや一頭と一人か」

俺たちを見下ろしながら、男はあごに手を当てて考えている。

「完璧《かんぺき》な作戦だと思ったんだがな。ここまで強力な魔導士がいるとは思わなかった」

そう言うとにこりと笑って、男はゆっくりと床へと下りてきた。

銀色の髪に整った顔。黒ずくめの上等な服を着ている。

腰には立派な剣を提《さ》げていた。恐らく魔法剣士なのだろう。

男に向かって、エリックが聖剣の切っ先を向けて問うた。

「お前はいったい何者だ？」

「散々こちらを魔法で覗《のぞ》き見ていたんだ。知っているはずだろう？」

その男は俺とケーテを交互に見ながら笑顔で言った。

魔導士が俺とケーテだとわかっているのだ。戦闘を見ていただろうし、ばれるのは当然だ。

せっかく魔導士だとばれないように、色々工夫してきたのに台なしだ。

とはいえ魔装機械と昏き竜の同時攻撃は俺の魔法なしでは切り抜けられなかった。

正体がばれても仕方のないことだ。切り替える。

俺は余裕を見せるために笑顔で男に語り掛けた。

「この屋敷の頭目だな。そっちも随分と覗き見てくれていたじゃないか」

「屋敷の主としては、招かれざる客の動向を調べるのは当然だろう？」

そのとき、ケーテがぽつりとつぶやいた。

「……我の魔力探知では、ボスは動いていないのである」

確かに俺の魔力探知と魔力探査でも、相変わらずボスは同じ部屋にいる。

とはいえ、先ほどとは確かに反応の質が違う。その差はごくごくわずかだ。

「ああ、そうか。まだ目くらましのダミーを仕掛けたままだったな」

男がそう言うと、ボス部屋の魔力反応が消失した。

「……なんだと？」

ケーテが驚愕《きょうがく》のあまりその巨体をぶるりと震わせた。

ボスの部屋の魔力反応の質がわずかに変わったことに、ケーテは気づいていないのだ。

それゆえ、ずっと偽者《にせもの》を魔力探知、魔力探査し続けていたのではないかと考えたのだろう。

「ケーテ、落ち着け」

「とても落ち着いていられないのである！」

俺も魔力探知と魔力探査にかかっているボスの気配が変化したことにすぐに気づけなかった。

激しく戦闘していたとはいえ油断といえるだろう。反省しなければなるまい。

とはいえ、そんな反省は後ですればいい。今はうろたえるべきときではない。

だが、ケーテは微妙に震えながら言う。

「き、消えたのである」

「言いたいことはわかるが、落ち着け」

ケーテが驚愕に打ち震えれば、エリックとゴランはともかく、シアとセルリスは怯《おび》えてしまう。

そうなれば、いいことなど何もない。今は魔導士として堂々としておくべきなのだ。

「……我はダミーにすぎないものをボスだと思ってずっと探知していたのであるか……」

それでも、ケーテは驚愕を隠そうともしない。

時には演技力も必要なのだ。強敵を相手にするのならば、特にそうだ。

驚愕するケーテを見て満足そうに男がうなずく。

「まったくもってご苦労なことだ」

「我を欺《あざむ》き続けるなど……。そのようなことが可能なはずがないのである！」

「それを可能にするほど、我とそなたらの魔導士としての力量に差があるということだ」

そういって、男はさわやかに笑った。

「なんだと……我の魔法が……」

ケーテが衝撃を受け、それを見たシアたちが不安そうな表情になる。

超一流の魔導士であるケーテを容易にだますほどの魔導士となると、どれほど強いのか。

シアとセルリスはそう考えているに違いない。

一方、エリックとゴランは慌ててはいない。やはりシアたちと戦闘経験の量が違うのだ。

ケーテはとても強力で、超が何度もつくほどの一流の魔導士だ。

だが戦闘経験は俺たちと比べればだいぶ少ない。

特に生まれつきの強者であるケーテは、戦闘時の駆け引きなどになじみがないのだろう。

ここは先輩として、パーティーの魔導士として俺がケーテ、シア、セルリスを落ち着かせなければなるまい。

だから俺は男に向かってまた笑顔で語り掛けた。

「そこのヴァンパイア。焦るのはわかるが、冗談は大概にしておけ」

「なに？」

男が俺を見て、一瞬だけ眉《まゆ》をひそめた。

俺は一歩前に出ると、男に向かってわざと優しい口調で語り掛ける。

「言葉を弄《ろう》して煙《けむ》に巻こうとするなど、随分と余裕がないじゃないか」

「貴様は何を言っている？」

男が不愉快そうに顔をしかめる。だがすぐに笑顔に戻った。

俺と同じくあえて笑顔を浮かべることで、余裕を見せて威圧しようとしているのだろう。

俺は男の問いには答えず、ケーテの方を見て微笑《ほほえ》んだ。

「安心しろ。ケーテの魔力探知はこいつを正確に捕捉していたさ」

「そうなのであるか？」

「ああ」

「だが……」

「こいつが俺たちの前に現れた後もボスの部屋には反応があり続けたと言いたいんだろう？」

「そうなのである」

「それはただ、俺たちが魔装機械と昏竜を倒している間に、ダミーと入れ替わったというだけの話だ」

そして、俺はケーテだけでなく、シアやセルリスたちも見る。

「答えさえ知ってしまえば、なんてことはない。隠ぺい魔法の精度はさすがだが、それだけだ」

「それだけだと？　人族風情《ふぜい》が調子に乗っているな？」

男が笑顔のままそう言った。だが、その声色《こわいろ》には少し怒りが含まれている。

笑顔を無理やり張り付かせているのは明白だ。

俺はダメ押しのために、男の目を見て言う。

「とっておきの魔装機械と昏竜がなすすべもなく破壊されて、さぞかし焦ったとみえる」

「この我が焦るだと？　貴様は何をふざけたことを言っているのだ？」

「俺はただ事実を言っているだけだが？　俺たちの意識が戦闘に向いている隙《すき》に慌ててダミーを作って駆け付けたんだろう？」

「……」

「残念なことに、俺たちの手際がよすぎて到着したときには魔装機械も昏竜も倒された後だったけどな」

「…………」

「だが、だからといってわざわざ天井に貼《は》りついて、登場のタイミングをうかがうこともあるまい？」

小さな子供を諭すような口調で俺は語り続けた。

男は口を開かない。だが笑顔がどんどん硬直し始めている。煽《あお》りが効果を上げているようだ。

「怯えたコウモリみたいに息をひそめて天井に貼りついているお前の姿を想像すると、……なんだかかわいいな？」

「…………貴様」

「どうした？　何か言いたいことでもあるのか？」

「お前だけは生かして帰さぬ」

「そうか。そんなことを言いながら、頭の中は俺から逃げることでいっぱいなんだろう？」

さらに煽って、心理的に逃亡しにくいように仕向けておく。

そうしながら、俺は念話で皆に語り掛けた。

『とりあえず、こいつは俺たちに任せて、シアとセルリス、ガルヴは手はず通りに頼む』

『了解であります』

『わかったわ！　人間の救出ね！』

「ガウ！」

『セルリス。ロックの魔力探査によると魅了がかかった人間だ。救出と考えない方がいい』

『わかったわ、パパ』

『俺とロック、ゴラン、ケーテが戦闘を開始したら、隙を見て走ってくれ』

念話で話している間に、俺は念入りに魔力探知と魔力探査をかけていく。

シアやセルリスたちの通り道に罠《わな》や強力な敵が存在しないか確かめるためだ。

敵の男は隠ぺいがうまいことはわかっている。だからこそ何度も念入りに調べていった。

シアたちが通るであろう道の途中には、まだ確かに敵はいる。

だが、ただのロードだ。シアとセルリス、ガルヴならば、問題なく倒せるはずだ。

敵は一応息をひそめている。それでもガルヴの鼻があれば隠れきるのは無理だろう。

『シア、セルリス、ガルヴ。正面の扉を通って最初の曲がり角を右に曲がったところに……』

俺は念話で敵が隠れている場所を伝える。シア、セルリス、ガルヴは真剣な表情で聞いていた。

『さて、ということで、おじさんたちはあいつに仕掛けるとしよう』

『おう。腕が鳴るな』

『シア。セルリスを頼む』

『任せてほしいでありますよ』

念話を使ったミーティングも終わった。

その間、俺はずっと男と声に出して会話をすることで情報を引き出そうとしていた。

だが、めぼしい情報を得ることはできなかった。

エリックが声に出して言う。

「ロック。そろそろ倒してしまおう」

「ああ、そうだな」

「相変わらず人族は傲慢だな。短命ゆえ、視野が狭く敵の強さを理解できないのであろう」

男はそう嘆くように言うと、最後に哀れみを含んだような笑みを見せた。

「それはどうも。だが、俺にはお前のすごさはわかっている」

「ほう？」

「熟練の贋作《がんさく》職人だろう？　その域に達するのにどれだけ努力したのか理解しているさ」

「人族風情が、馬鹿《ばか》にしているのか？」

「長く生きるために、こそこそ隠れる技術ばかり上達させたとみえる」

「…………」

男は無言で俺をにらみつけてきた。

「そんなに人族が怖いなら、ナメクジみたいに暗い岩陰あたりで大人しくしておけよ」

「貴様!!」

そう叫ぶと同時に、男は俺に向かって真っすぐ突っ込んできた。

計算通り、挑発がうまくいったようだ。俺を攻撃することに集中してくれている。

おかげでセルリスたちが後方に走り抜けやすくなった。

だが、これほど男の攻撃が速いのは計算外だ。

これまでのどのヴァンパイアよりも速い。抜剣する動きを捉《とら》えるのさえ難しいほどだ。

俺はとっさに魔神王の剣で男の斬撃を防ぐ。

——ガキン！

剣閃《けんせん》が鋭すぎて勢いを殺しきれない。俺は慌てて後方へと跳んだ。

後方に跳んだといえば聞こえがいいが、むしろ吹き飛ばされたという方が近いかもしれない。

体勢を崩されないようにするためには、後ろに跳んで衝撃を逃がすしかなかったのだから。

久しぶりの強敵だ。血が熱くなっていくような感覚を覚える。

一方、男が俺に向かって動いたのと同時に味方の五名も一斉に動き始めていた。

シアとセルリス、ガルヴは男の横をすり抜けて後方へ走る。

エリック、ゴラン、ケーテは、シアたちに攻撃がいかないよう男に躍りかかった。

俺やエリックたちを同時に相手にするのは分が悪いと判断したのだろう。

男は後方に跳んで俺たちから間合いを取る。

同時に横をすり抜けて後方に向かおうとしていたシアとセルリスに向けて剣を振り上げた。

男はまず弱いところから、つまりシアたちから片付けようと考えたのだろう。

シアとセルリス、そしてガルヴには人間たちを保護してもらわなければならない。

男の攻撃にさらさせるわけにはいかない。

俺は全身に魔力を流して強化しながら一気に前へと出る。

「戦闘中によそ見とは失礼なやつだな、ナメクジ野郎が！」

――ガガガ！

虚《きょ》を突いた俺の魔神王の剣三連撃を、男は剣で見事に受けて流していく。

渾身《こんしん》の力で倒しきるつもりで剣を振るったのに、捌《さば》かれてしまった。

『こっちは任せろ。安心して作戦を実行してくれ！』

念話でゴランがシアとセルリスに向けて叫んだ。

そのおかげで、一瞬足を止めかけたセルリスがそのまま走り去っていく。

セルリスたちの背に視線を一瞬向けると、男が言った。

「何を企《たくら》んでいる？　浅はかな人ぞ――」

恐らく「浅はかな人族の考えることなど、我には通用しない」とでも言おうとしたのだろう。

だが最後まで言えなかった。男の発言を遮《さえぎ》ったのはゴランの斬撃だ。

――ガガガギン！

「さっきロックからよそ見が失礼だと教わったばっかりだろうが！」

ゴランの斬撃は鋭く強い。男を防戦一方に追い込んでいる。

ゴランの勢いは止まらない。男は防御しきれなくなり、剣を取り落とし、体勢を崩した。

そうしてゴランがとどめの一撃を繰り出そうとした瞬間、

「調子に乗るな、人族が！」

そう叫ぶと同時に男の全身から毒霧が噴き出した。

その毒霧は毒性が非常に強そうだ。まともに一呼吸でも吸い込めば死にかねないだろう。

息を止めたとしても目や鼻の粘膜から入り込む。長い時間さらされれば確実に動きが悪くなる。

それを本能的に察知して、ゴランはとっさに後方に跳んで距離をとった。

「臭せーな、おい。風呂《ふろ》ぐらい入れよ！」

「黙れ！　下等生物が！」

そう言って男はゴランを追撃しかけたが、

「ガアアアアアアアアアアア‼」

ケーテが咆哮《ほうこう》とともに風ブレスを放ち男に叩《たた》きつけた。

男は壁まで吹き飛ばされ、大部分の毒霧は砕けた巨大な窓から部屋の外へと流出していく。

エリックが念話で言った。

『毒霧か。厄介だな』

『ああ。だが一度見せてもらった。対策は任せろ』

『そうか、それならロックに任せる』

身体から毒霧を噴き出す技の術理を俺は理解した。

だが、あれは身体を霧に変換できる上位ヴァンパイアだからこその技だ。

『あれはラーニングできんな』

とはいえ、ラーニングできなくとも対処は可能だ。

『見た目からして臭そうだから、できない方がいいだろう』

エリックはそう言うと、自然かつ大きな動作で聖剣を構え、男に正面から突っ込んでいく。

大きな動作は注意を自分に引き付けるためだ。

それを理解しているので、ゴランは目立たないよう最小の動きで男の側面へと回り込んでいく。

俺もパーティーの魔導士としてエリックとゴランを支援しなければならない。

男に魔法の槍を撃ち込んでいく。

一本や二本では目くらましにも足りない。最初に七十本の魔法の槍を作って一斉に撃ち込んだ。

その後もどんどん魔法の槍を作り、男めがけて撃ち込んでいく。

男の顔から余裕が消える。慌てたように魔法障壁の多重展開を開始した。

そこに俺の魔法の槍が直撃し、男が絶叫を上げた。

「うおおおおおおおお」

俺の魔法の槍が魔法障壁を破壊すると同時に男も魔法障壁を張りなおしていく。

さすがの展開スピードだ。

――ガギンガギガキガキガガガガガガガガ――

魔法障壁が砕け散る音が周囲に響く。

必死の形相を浮かべる男に、エリックが正面から突っ込んでいった。

エリックは俺の魔法の槍をまったく気にしない。ないものとして動いている。

エリックは魔法の槍が自分に当たることはないと確信している。

俺が何とかすると信じてくれているのだ。

その期待に応えて、俺もエリックには当たらないよう魔法の槍を調節した。

「さすがロック！」

エリックは嬉しそうにそう言いながら、一気に間合いを詰めて男に斬りかかる。

男の展開する障壁を、エリックの聖剣がやすやすと斬り裂いていく。

「ぬおおお」

聖剣から身を守るため、男は障壁を集中させる。全体的に障壁が薄くなった。

絶好の機会だ。障壁の薄くなった箇所に、俺は魔法の槍を叩きこんだ。

俺の魔法の槍に反応して、男はとっさに障壁の密度を変化させる。

すると当然エリックの聖剣を防ぐための障壁が薄くなる。

薄くなった障壁で、エリックの聖剣を防げるはずもない。

「はあああああ」

エリックの聖剣が男に届く。その瞬間、男は生物にあるまじき動きで身をよじった。

まるで骨のない軟体生物のようだ。やはり人の姿をとっていても、化け物なのだ。

「ＩＩＧＩＩＩＧＩＩＩｉｉｉ」

男は変な声を上げ、化け物じみた動きをして回避したが、エリックの技量は並ではない。

超高速で剣を振りつつも、軌道を変えていく。ついに聖剣は男の右前腕部を斬り裂いた。

致命傷を免れているのは、敵ながら大したものだと言わざるを得ない。

しかし、致命傷ではなくともダメージは大きい。障壁の展開スピードがわずかに遅くなった。

それでも通常の一流魔導士に比べたら魔法障壁の展開スピードは何倍も速い。

だが、俺の魔法の槍を防ぐには遅すぎ、そして密度が薄すぎる。

男の全身に計十二本の魔法の槍が突き刺さっていく。

男の顔が苦痛にゆがむ。致命傷にはならなくともかなりの打撃を与えたはずだ。

そう考えて、俺は一瞬ほっとする。ほっとしてしまった。そのとき、ゴランの声が響いた。

「終わってねーぞ！」

ゴランの声にハッとすると同時に、首筋がぞわっとする。

強烈な殺気。慌てて、前方へと転がった。

その直後、目に見えないほど速い斬撃が俺の首があった場所を薙《な》いだ。

男がいつの間にか俺の背後に移動していた。聖剣で斬り落とされた前腕部も治っている。

男は体勢の崩れた俺に追撃しようとする。俺が魔法障壁を張ろうとしたその時、

「遅い！」

ゴランの剣が、横から男の左腕と胴体を同時に斬り落とした。

「ぐあああ」

男は顔をゆがめ、苦悶《くもん》の声を上げる。

「二匹いたのか？」

エリックが叫ぶ。さすがのエリックも驚愕を隠せていない。

エリックの聖剣と俺の魔法の槍で痛めつけたやつも、まだ同時に存在しているのだ。

「二匹とも倒せばいいだけである！」

そうケーテが叫んで、聖剣に斬られた方の男を爪《つめ》で薙いだ。

男は上に跳んで避けようとしたが、ケーテの方が速かった。爪が胴体に深々と突き刺さる。

「ぐぶう」

血泡を口からあふれ出しながら、男がにやりと笑うと同時に、

——ダンッ
大きな音を響かせて爆発《ばくはつ》した。

ただの爆発ではない。

男の全身は毒の霧へと変化している。それが爆風とともに一気に拡散する。

「毒だ！　吸い込むな！」

俺は叫ぶと同時に、毒霧の対処を行う。

全員に障壁を張ると同時に、風の魔法で外へと毒霧を排出する。

「よし！」

うまく毒霧対策できたと思う。パーティーメンバーを守るのも俺の大切な役目だ。

「随分と余裕じゃないか！」

背後から男の声がした。同時にまた斬撃が振るわれた。とっさに魔神王の剣で受ける。

どうやら、男は分身をいくらでも出せるようだ。隙を見せたら、すぐに後ろに回り込んでくる。

「お前、いったい何匹いるんだ？」

「今から死ぬお前には関係ないことだ」

「そうかい」

いくらでも分身体を作られると、かなり厄介だ。

周囲を見てみると、エリックもゴランもケーテもそれぞれ戦っている。

全員押し込まれているわけではない。だが、有利に展開できているわけでもない。

俺は男と剣を交えながらつぶやいた。

「なるほどな」

「何が、なるほどだ。今さら絶対的不利を悟ったのか？」

男がにやりと口角を上げる。

「いや、なに。数を増せば増やすほど、お前は弱くなるんだろう？」

「どうしてそう思う？」

「増やしても一匹それぞれの力が弱くならないのなら、もっと多く出すはずだからな」

「お前がそう信じたい気持ちはわかるぞ」

同時に俺の背後にさらに一匹出現した。いくらでも数を増やせると言いたいのだろう。

だが、俺はその出現を予測していた。出現直後の男の右手首を左手でつかむ。

出現直後の攻撃はワンパターンだったので、つかむのは容易だった。

「攻撃が単調だぞ。間抜け」

そして一気にドレインタッチを発動した。

最高出力で、一気にすべてを吸いきるつもりで吸い取っていく。

「「「「UGOOOOAAAAAAA」」」」

分身していた男たちが一斉に叫んだ。

「やっぱりつながっているよな」

幻ではなく実体のある分身体を同時に複数操《あやつ》っているのだ。

それぞれの身体は魔術的に連結していると考えるのが妥当なところだ。

連結していなければ、攻撃が単調になり、魔力的な出力が漸減《ぜんげん》するのは避けられない。

巧みに各個体の力配分を調節し、力があまり落ちていないように見せかけていただけだ。

もっとも、見せかけていただけといっても、かなりの高等技術なのは間違いない。油断ならぬ相手だ。

「「「「UGAAAAA」」」」

俺は男の魔力を吸い続ける。直接吸っている個体がみるみるうちに干からびていく。

それに伴い、ほかの個体も少しずつ干からび始める。

そして、それぞれの動きが鈍くなる。

エリックたちはそこを見逃すほど甘くはない。

各分身体は、エリックたちにより一斉に斬り刻まれていった。

魔力を吸われながら斬り刻まれれば、容易に復活できるものではない。

分身体を作るにも、斬り刻まれた身体を修復するにも魔力を使うのだ。

「ＵＧＡＡＩＩＩＩＩＩＩＩ」

分身体が次々と灰の山に変わる。俺がドレインタッチしていた対象も灰になった。

最後に残ったのは、ドレインタッチをかける前から俺が相手にしていたやつだ。

「お前が本体か？」

悲鳴を上げる男の胴体を魔神王の剣で斬り裂く。

「許さぬ、貴様は絶対に許さぬぞ！」

「許さなくていいから、消えてくれ」

俺がとどめを刺そうと、男の首を魔神王の剣で貫こうとしたそのとき、

――キイイイイイイイイン
強烈な耳鳴りがした。同時に全身に激痛が走る。

エリック、ゴラン、ケーテも一斉に苦痛に顔をゆがめた。

「まさか我らの神の加護を人間風情に使うことになろうとはな……」

血みどろで皮と骨だけになり、胴と下半身が分かれた男がそうつぶやいた。

みるみるうちに男は回復していく。折角《せっかく》斬った胴と下半身もつながっていく。

「そりゃ、用意してるよな……」

俺は何回も魔力探知をかけまくっていた。だが、隠ぺいが得意なハイロードがボスなのだ。

隠しきれていてもおかしくはなかった。

「……それにしても、警戒していたのに、どこにコアを隠してたんだ？」

隠ぺいが得意といっても限度がある。

「ほう、お前はこれを知っているのか？」

見かけはほぼ回復した男がにこりと笑う。

とはいっても、魔力をだいぶ吸った後だ。見た目以上に弱っているはず。

「この加護の存在はあまり知られたくないのだ。だから死ね」

「どっちにしろ、全員殺すつもりだろ？」

「はは、そうだな」

男はもはや勝ったつもりなのか、随分と余裕を見せていた。

そこに苦痛に耐えてゴランが襲い掛かった。

「おらああああ」

「なっ！」

男が驚愕に顔をゆがめる。腕に魔剣がかすり、火がついて燃えだした。

邪神の加護の中なのだ。当然ゴランの動きは相当鈍い。

だが、ゴランのことを動けないと思い込んでいた男は不意を突かれて避けられなかった。

ゴランは気配を完全に消し、加えて気取られないよう計算しつくされた動きをしていた。

だから男の不意を突けたのだろう。

それに、魔力を吸われ、弱っていたことも男が避けられなかった理由に違いない。

「なめるな！」

エリックも聖剣を振りかぶり、大きな動作で距離を詰める。

「黙って死んでおけ！」

そんなエリックに男は小さな魔力弾を撃ち込んだ。

「ぐう」

エリックは身をよじってかわす。だがかわしきれず魔力弾を肩に受けた。

たまらず地面にひざをつく。

それと同時に小さな動作で何かを俺の方へと投げてきた。

大きな動作も聖剣も、自分の身体もすべてはおとり。

俺に投げたものがエリックの本命だ。

俺が受け取ると同時にそれは輝いた。何かの魔道具らしい。

魔力探査などかけている暇はない。俺はとりあえずそれに魔力を流し込む。

魔道具の輝きは強くなり、一気に激痛がおさまっていく。

どうやら邪神の加護を緩和するための魔道具だったようだ。

エリックは対策を用意してくれていたらしい。

「こういうのがあるなら、教えといてくれよ！」

そう言いながら一気に魔神王の剣を振りぬく。男の首が宙に飛んだ。

同時に魔力探知。邪神の加護のコアを見つけ出す。それは男の分身体、その灰の中にあった。

身体の中に隠していたということだろう。

そこに俺は思いっきり魔力弾を撃ち込んだ。

――バリン！

ガラスが割れるような音がして、コアが砕けた。

同時に邪神の加護が消え去った。

「作動してよかった。試作品だったんだ」

エリックがほっとした様子で微笑みながら言う。

「身体の中に隠しておったのだな。ロックも我も気づけぬわけである」

「分身体ってのは想像以上に厄介なんだな」

ケーテとゴランも肩で息をしながらそんなことを言った。

邪神の加護のコアが壊されたことで、全員、苦しみから解放されたのだ。

最初は本体の身体の中に隠しておき、分身体を作ると同時に分身体にコアを移したのだろう。

この上なく面倒で、厄介なことを考えるものだ。

俺は頭だけになった男に魔神王の剣を突き付けながら、魔力探知と魔力探査をかける。

シア、セルリス、ガルヴが無事か確かめたかったのだ。

「ゴラン、セルリスたちは無事だ。まだロードと戦っているがな」

「そうか、それはよかった」

「ここはもう大丈夫だ。俺たちに任せて、向かってもいいぞ」

平静を装っているが、ゴランは娘であるセルリスのことが気がかりに違いない。

俺としても皆が心配なのは確かだ。

「いいのか？」

「その方が俺も安心だ」

「ゴラン、行ってやってくれ」

俺とエリックがそう言うと、ゴランは走り出した。駆け抜けながら言う。

「ここは頼んだ！」

「ああ、任せろ」

セルリスたちは、ゴランに任せれば安心だ。

俺たちも謎《なぞ》の男に専念できるというものだ。

俺は男に魔神王の剣を突き付けたまま尋ねる。

「さて、お前の正体は何なんだ？　ただのハイロードではないだろ？」

「……ふふ。当然だ。我は真祖《しんそ》。ただのハイロードなどと同じにしてもらっては困る」

意外にも男は自らの正体を明かしてくれた。少し驚いたが、やはりという思いも同時に浮かぶ。

今まで俺にレッサー呼ばわりされた上位ヴァンパイアは例外なく激怒した。

ヴァンパイアどもにとって階位というのは誇りと直結しているらしい。

自らの階位を誤解されるということは我慢ができないことなのだ。

だから、ごまかさずに答えたのだろう。

この知識は、これからも対ヴァンパイア戦に役立たせよう。俺はそう思った。

頭だけでも誇り高くにやりと笑う真祖を前にして、竜形態のケーテがあごに手をやる。

「ほむ？　しんそ？　とはなんぞや？」

「愚《おろ》かで、無知なトカゲが！　恥を知るがよい」

真祖はケーテをにらみつけた。

俺はケーテに向けて説明する。理解していることを真祖にアピールする意味もあった。

「真祖ってのは、ヴァンパイアどものトップだ」

「王みたいなものか？　それならロードと変わらないであろう？」

「そのトップってのは組織的な意味じゃない。出自、なり方が違う」

「なり方とな？」

「真祖ってのは、邪神の手により直接ヴァンパイアにされた者を指すんだ」

基本的にヴァンパイアは吸血の後に血を与えることで眷属を増やしていく。

その眷属が成長し、ただの眷属からレッサー、アークと進化していくのだ。

それはロードもハイロードも同じである。

真祖以外はヴァンパイアによってヴァンパイア化された者たちなのだ。

「ほう？　大元なのか。ならばこいつを殺せば多くのヴァンパイアが灰になるのだな？」

眷属は眷属を作った者を殺せば灰になる。そのことを言っているのだろう。

「いや、レッサーまで進化すれば、親にあたるやつを殺しても灰にはならない」

「そうであったか」

俺の説明に、ケーテは納得してくれたようだった。

真祖の方も満足げにうなずいている。

「貴様、人間のくせによくわかっているではないか」

「冒険者なら当然だ」

そんな真祖にエリックが言う。

「お前、随分と機嫌がいいじゃないか。観念したのか？」

「観念したなら、最期《さいご》にもうちょっと俺らとお話ししようじゃないか」

俺も笑顔を作ってそう呼びかける。最後に会話していいと思うよう機嫌を取ってみたのだ。

生の最後に何か話したいと思うのは知能のある者の宿命みたいなものだ。

だが、話す相手は誰でもいいというわけでもない。印象は少しでもよい方がいい。

俺のその狙《ねら》いを理解しているのかいないのか、首だけの真祖はにやりと笑った。

「下等生物の身でありながら我に勝った貴様たちとなら話してやってもいい。褒美だ」

「それはどうも」

「まず、ここはどこなんだ？」

国王らしいエリックの問いだ。ここが自国か他国か、他国なら友好国か否かで対応が変わってくる。

「リンゲイン王国の南東の端の山の中だ」

それを聞いて、エリックは少しほっとしたように見えた。

リンゲイン王国は、エリックの治めるメンディリバル王国の北西にある国だ。

かなりの大国であり、友好国でもある。

メンディリバル王国からはるか遠くの国や、敵対している国でなくてよかった。

いざとなれば外に出てケーテの背に乗れば、それほどかからず自国に戻ることができるだろう。

俺も真祖の頭に尋ねる。

「あの作戦を思いついたのは誰なんだ？　肝《きも》を冷やされたぞ」

「あの作戦？」

「爆弾から転移魔法陣に繋げる作戦だ」

「ああ、あれか。あれが失敗するとは思わなかった。残念だ」

残念だという言葉と裏腹に、真祖は笑っていた。

随分と余裕だ。その態度に俺は少し違和感を覚えた。

「なんとも余裕そうではないか？　どうしたのだ？　もうすべてあきらめたのであるか？」

なんて問いただそうか、言葉を選んでいたら、ケーテが直球で聞いた。

「ふ。どう考えようがお前たちの好きにすればいい」

「お前は邪神を呼び出そうとはしなかったのか？」

「もちろん呼び出すつもりだが？」

「これから呼び出す予定だったということか？」

「…………」

今まで躊躇《ためら》いなく返答してきた真祖が初めて口を閉じた。

今後の作戦に影響するということだろうか。

ここが一番知らなければいけない情報かもしれない。

「なるほどな。まだ作戦は継続中ということか」

「……下等生物なりに、愚かな頭脳を働かせて好きに考えればいい」

「ふむ。とはいえ、一連の作戦は真祖が指揮し、ハイロードが実行部隊を指揮していたよな」

「だからどうした？」

真祖が眉をひそめた。

「邪神は完全体で召喚しないと魔法陣の上から動けないんだったな？」

邪神の頭部を破壊したとき、ハイロードから聞き出した情報だ。

「……」

「完全体を召喚するには大量の生贄《いけにえ》が必要だ。となると……」

「…………」

「まず王都で頭部だけ呼び出して、王都の民を丸ごと生贄にするつもりだったのか？」

「……………」

真祖は沈黙を保っているが、ケーテは驚いた表情でこっちを見た。

エリックも驚いているようだが、表情は変えていない。

「なんだと⁉　えげつないことを考えるものであるな！」

「王都での召還を阻止されたとしても、狼《おおかみ》の獣人族を生贄にするつもりだったんだな？」

「…………お前たちは想像力が実に豊からしい」

真祖は俺の推測が外れていると言いたいようだ。

だが、真祖の反応的に、俺は当たりだと判断した。本当に阻止できてよかった。

成功していたら、メンディリバル王国が昏き者どもに制圧されてしまっていたかもしれない。

そうなればメンディリバル王国を橋頭堡《きょうとうほ》として、昏き者どもに世界中が席巻《せっけん》されたに違いない。

「さて、お前にはまだ色々と聞きたいことがあるんだ。もう少し付き合ってもらえないか？」

「ふふ、何を調子に乗っているんだ？」

そう真祖が言うと同時に、頭部が霧へと変わり始めた。

頭だけにした後で霧に変化したヴァンパイアは初めてかもしれない。

大体頭だけにする前に霧やコウモリに変化しようとするからだ。

そして頭だけにした後、尋問を続けようとしたら、自ら死を選び灰になる。

俺が今まで対峙《たいじ》した高位ヴァンパイアの最期のパターンはすべてそうだった。

「逃がすわけないだろ！」

俺は霧を魔神王の剣で斬り、ドレインタッチで魔力を吸い尽くす。

生きたまま尋問したかったが、逃げられるぐらいなら、殺した方がいい。

俺の振るった魔神王の剣が魔素を吸い上げる。

同時にドレインタッチで少しにじみ出るように漏《も》れ出た魔素をも吸い尽くした。

真祖の頭は、無事灰になった。

「もう少し尋問したかったが……」

「逃げられるよりは、はるかにましだ」

エリックがつぶやいてから、ほっとしたように息を大きく吐いた。

「とりあえず、ゴランやセルリスたちと合流しよう」

「ああ、まずはそうすべきだな」

走り出そうとした俺の背に向けて、ケーテが大きな声で言った。

「こっちを見てはいけないのである」

「ああ、そうか。今は全裸だもんな」

ケーテは戦闘中に急いで竜に戻った。だから着ていた服はボロボロに破れていた。

「着替えはあるのか？」

「うむ。用意してあるのだぞ」

俺はゴランたちが通った扉を見た。確かに竜の姿のケーテでは通るのは大変そうだ。

無理に通っても、あとの廊下で身動きがとりにくいだろう。

戦闘のことを考えても、小回りの利《き》く人の形態の方がいい。

「じゃあ、あとから追ってくるといい」

「わかったのだ」

そう言い残して、俺とエリックは先を急ぐ。

魔力探査をかけているから、周囲には敵はもういないことはわかっている。

だからケーテ一人にしても大丈夫だろう。ただでさえケーテは強いのだ。

俺とエリックが少し走ると、ゴラン、セルリス、シア、ガルヴの姿が見えた。

ほぼ戦闘は終わりかけていた。俺はゴランに話し掛ける。

「そっちはどうだ?」

「ああ、ひとまず大丈夫だ。ちょっとロードの数が多かったな」

ゴランは、剣で最後のヴァンパイアロードの首を落としながら言う。

「ガウ!」

嬉しそうにガルヴも俺に飛びついてきた。

爪と毛の一部に血がついている。ヴァンパイアの血だろう。後で洗ってやった方がいいかもしれない。

頑張ったようなので、今はいっぱい褒めて、撫でてやることにした。

「ガルヴ、頑張ったな!」

「がうがう!」

ガルヴは嬉しそうに尻尾を振る。

セルリスとシアは剣の血をぬぐったり、防具を調整したりしていた。

次の戦闘に備えているのだろう。

ゴランが言う。

「そっちの方こそどうだった？　あれ？　ケーテはどうした？」

「ケーテは人型に戻ってから追ってくる。心配いらない」

俺がそう言うと、すぐにドタドタと足音がした。

「待たせたのである！」

ケーテが戻ったのを確認して、エリックが言う。

「ケーテも合流したことだ。とりあえず報告は後回しにして人を救い出すか」

「そうだな。そうしよう」

俺が同意すると、ゴランやシア、セルリスもうなずいて同意を示した。

再び俺を先頭に走り出すと、セルリスが言う。

「人を先に救出しようとしたのだけど、思ったよりロードが多くて」

「ああ、そうみたいだな。よく無事だった。邪神の加護の影響は受けたのか？」

「それはほとんど大丈夫だったわ。多少頭痛がしたぐらいかしら」

やはり邪神の加護は範囲が狭いらしい。

ヴァンパイアの最上位であろう真祖が使っていた邪神の加護ですら狭かった。

ならば、少なくとも現在の昏き者どもが使える邪神の加護は、すべてそうだと考えていいだろう。

少し安心したところで、人間たちが捕らえられている部屋の前に到着した。

俺は改めて全員に言う。

「中にいるのは魅了をかけられた人間だ。危害を加えないよう制圧してくれ」

「了解したわ」

「気絶している可能性も高いだろうが、油断はしないに越したことはない」

続けてゴランがそう言った。

真祖はすでに倒したのだ。

魅了をかけたのが真祖である場合、対象が気絶している可能性はあるだろう。

「真祖ともあろうものが、人間如《ごと》きにいちいち魅了をかけるとも思えぬが」

もっとも、エリックの言うとおりでもあった。

ロードどころか、アークヴァンパイアでも魅了をかけることはできる。

そして、アークもロードもハイロードも見つけ次第、退治してきた。

「もし真祖以外が魅了をかけていたとしても、気絶している可能性は高いだろうな」

「とりあえず、見てみるとよいのである。開けてよいか？」

ケーテはすでに扉のノブに手をかけていた。うずうずしているようだ。

もちろん魔導士であるケーテは罠などを調べたうえでそうしている。

ガルヴもケーテのすぐ近くでハアハア言っていた。そんなガルヴを引き離してから、

「ああ、開けてくれ」

「うむ！」

ケーテが扉を開けると、ちょっとしたパーティーを開けそうなぐらい大きな部屋が広がっていた。

そして、その床には五人の人間たちが転がっていた。

「気絶か。てえことは魅了をかけたやつは倒した中にいたと考えてもよさそうだな」

「恐らくはな」

そう返事しながら、俺は一人一人に念入りに魔力探査をかけていく。

「どうやら、大丈夫なようだ。魅了は完全に解除されている」

「それは何よりだわ」

「介抱を始めるでありますよ」

シアとセルリス、ゴランとエリックに介抱を任せて、俺とケーテ、ガルヴは部屋を調べた。

魔道具の類は見つからない。

倒れていたのは女ばかり五名。ベッド五台に、トイレと風呂も部屋の中にあるようだった。

食事さえ供給されれば、ここで日常生活を送れなくはないだろう。

「おおっ？　まさか！」「えっ？　なんてことなの」

ゴランとセルリスが同時に驚いた様子で声を上げた。

「どうした？」

「……こいつは俺の徒弟《とてい》の一人だ」

ゴランが一人の少女を抱きかかえながらつぶやくように言う。

「なんだって？」

詳しく俺が話を聞こうとしたとき、

——ダガアアァァン

今いる建物、その少し離れたところから轟音《ごうおん》が響いた。

「なんなの⁉」『どうしたのであるか！』「ガ、ガウ！」

セルリス、ケーテ、ガルヴが慌てる。三者とも慌てながらも身構えているので大したものだ。

「壁をぶち抜いた音だろうな」

「ロックさん、さすが冷静ね！　つまりは敵襲ってことよね？」

セルリスは剣を抜いて腰を低く構えた。シアも剣を抜き、ガルヴは姿勢を低くして尻尾を立てる。

敵襲とは限らないが、警戒するのは正しい。

「竜形態に戻った方がよいか？」

「いや、とりあえずはいいだろう。昏竜はいない。人族だしな」

当然、俺は魔力探知と魔力探査をかけ続けている。

壁を爆破《ばくは》して突入してきたのは、三十人ほどの人族。統率のとれた素晴らしい動きだ。

「ロック。どう見る？」

エリックはとても落ち着いている。だが、一応フードを取り出してかぶった。

他国であることを考えて、正体がばれることを懸念したのだろう。

「対ヴァンパイア部隊だと思うが……。変装の魔術《ディスガイズ》をかけておこうか？」

「ああ、頼む。普通ならばれることを懸念して断るべきなんだろうがな」

魔法で変装していることがばれたら、当然のことながら疑いの目が強くなる。

だから、ばれる可能性があるなら、最初から魔法で変装などしない方がいい。

「まあ、よほどのことがなければ、ばれまいよ。一応言っておくが抵抗はするなよ？」

「わかっているさ」

エリックは、勇者だけあって魔法抵抗値が非常に高い。

その上から無理やりかけるとなると、俺でも骨が折れる。

だが、抵抗されなければ、変装魔術をかけるのは難しくない。

横で見ていたセルリスが驚いたように声を上げる。

「すごい。おじさまにまったく見えないわ。まるで幻術ね」

「幻術とはちょっと違う。いや、術理はとても似ているか」

幻術は匂《にお》い、音、魔力を含めて、総合的に周囲の者の感覚すべてをだます魔法だ。

変装魔術は姿、それも人相と髪色だけをごまかす魔法。身長や声は変えられない。

だが相手の感覚をごまかすという点は共通だ。変装は幻術の下位互換といってもいい。

そんなことを説明している間にも、侵入者たちはこちらに真っすぐ向かって来ていた。

「とりあえず、敵か味方かわからないから俺が対処する」

「おう、任せる。敵を無力化させる能力ならばロックが一番だ。俺は人質を保護しておく」

ゴランは剣すら抜かず腕を組んでいた。全面的に俺に任せるつもりのようだ。

「魔導士もいるのであるなー」

「そうだな」

その間に侵入者たちは扉の前で静かに隊列を整えていた。

――ダーン

そして扉が爆音とともに一気にぶち破られた。

ぶち破ると同時に突入してくると思ったのだが、突入してこない。

その代わりに眠りの雲《スリープクラウド》が撃ち込まれる。なかなか強力な眠りの雲だ。

エリック、ゴランなら大丈夫だが、シア、セルリスは眠ってしまうだろう。

だから、俺は眠りの雲から味方を守る。

「眠りの雲は空気の流れさえ操れば怖くない」

「そうか、勉強になるのである」

風竜の王族であるケーテは生まれつき尋常ではないほど魔法抵抗値が高い。

眠りの雲など、寝つきをよくする効果すらないだろう。

よって対処法は必要なく、ゆえに知らない。そう思って対処法を教えておく。

しばらくして、外から風魔法が使用され、眠りの雲が排出された。

その後、四人が手際よく突入してきた。武器は短めの剣。室内戦を想定した装備だ。

眠りもせず、平然と立っている俺たちを見て、侵入者たちが一瞬固まる。

だが、すぐに我に返ると、剣の切っ先を俺たちに向けた。

「……動くな！」

俺は素直に前に出ると、害意がないことを示すために両手を上げる。

「武器を捨てろ！」

これは俺の後ろで剣を抜いているシアたちに向けた言葉だ。

シアもセルリスたちも警戒しているので、剣を捨てるわけがない。

「もう一度言う！　武器を捨てろ！」

「まあ、待て。別に俺たちは眷属でも、魅了されているわけでもない」

「……なんだと？」

「ヴァンパイアどもはいなかっただろう？　それは全部俺たちが倒したからだ」

「そんなわけ、いや……まさか……」

「指揮官と話をさせてくれ。事情を説明しよう」

俺の言葉が聞こえたのだろう。後方から女性が前に出てきた。恐らく指揮官だ。

「閣下。危険です！」

「大丈夫よ」

指揮官は、慌てた様子の戦士をなだめつつ一番前まで来ると、

「あら、まさかラ……ロック？　それにゴランとセルリスまでいるのね？」

それは俺にとっても昔馴染《なじ》み。ゴランの妻、セルリスの母だった。

ちなみにゴランの妻はマルグリット・モートン・シュミットという。

シュミット侯爵家の当主でもある。

「久しぶりだな。十年ぶりか？」

「そうね、ロック」

俺の帰還と変名のことはゴランかセルリスから手紙で教えられたのだろう。

会話をしながら、マルグリットは真っすぐゴランの元に歩いていく。

「お、おう、ひさし――」

ゴランが照れた様子で声をかける。

だが、マルグリットはゴランをスルーすると、ゴランに抱えられた徒弟の様子を見た。

「よかった。無事みたいね」

「ああ、魅了はかけられていたようだが、ここのボスを倒したからな」

「……そうなのね。ゴラン、それにみんなもありがとう」

マルグリットはそこでようやく柔らかい笑みを浮かべた。徒弟の無事を確認してほっとしたのだろう。

「ロック。それにしても変わってないわね」

「マルグリットも変わらないな。相変わらず美人だ」

「そうでしょう？」

そう言うと、マルグリットはにこりと笑った。

「え？　何でママが？」

「そうだ。こんなところで、なにしてるんだ？」

セルリスもゴランもとても驚いていた。

「それはこっちのセリフよ。何でリンゲイン王国にあなたたちがいるの？」

マルグリットはリンゲイン駐箚《ちゅうさつ》特命全権大使だ。リンゲインにいること自体はおかしくない。兵を率いて、ヴァンパイアの拠点に乗り込んできたのはおかしいが。

「マルグリット、話せば長くなるんだがな……」

「構わないわ。ロック、聞かせてちょうだい」

そして、マルグリットは部下たちに指示を出す。

「ヴァンパイアどもの魔石を回収しておきなさい。ロック、いいかしら？」

「ああ、頼む。一応魔道具などがあれば、検分させてくれたら助かる」

「もちろんよ。ロックたちが倒した戦利品なのだし、当然そっちに権利があるわ、ただ」

「わかってる。数と種類のデータが欲しいんだろう？」

「ええ、そう。話が早くて助かるわ」

それからマルグリットの部下たちが屋敷中に散っていく。

「人払いは済ませたわ。詳しくお話を聞かせて頂戴」

「まずは紹介から始めようか。こいつは俺の魔法で変装しているエリックだ」

「これは失礼いたしました。まったく気が付きませんでした。陛下」

「気づかないのは当然だ。ロックの魔法だ。それに敬語は使わないでくれ」

「わかったわ」

詳しく説明しなくても、マルグリットは状況を理解したようだ。

侯爵であるマルグリットが敬語を使う相手は限られる。

敬語を使っている姿を部下に見られたら、エリックの正体が露見しかねない。

「で、こっちが風竜王のケーテ、狼の獣人族族長で騎士のシア、俺のペットのガルヴだ」

「これは、風竜王陛下でございましたか。失礼いたしました」

「くるしゅうない！」

ケーテは尻尾を嬉しそうにぶんぶん振っている。

ガルヴも嬉しそうに、尻尾を振ってマルグリットに体を押し付けていた。

俺とケーテ以外には飛びつくなと躾《しつ》けたので飛びつかないのだ。とても偉い。

マルグリットはガルヴの頭をやさしく撫でながら、シアにも挨拶《あいさつ》を済ませた。

「では、手短に説明しよう」

俺はマルグリットに向けて、これまでの経緯を説明した。

マルグリットは俺の説明を真剣な表情で聞いていた。

右手ではゴランに抱えられた徒弟の腕をやさしく撫でている。

「真祖……何ということなの」

「それに昏竜とハイロードと魔装機械であるぞ！」

ケーテはどこか自慢げだ。尻尾の揺れもいつにもまして激しい。

「はっきり言って、マルグリットの手勢では返《かえ》り討《う》ちだっただろう」

ゴランが真面目な顔で言う。

「そうね、完全に見誤っていたわ。私と諜報《ちょうほう》機関の致命的なミスね」

素直にマルグリットは反省していた。セルリスの素直さは母親譲りなのかもしれない。

反省したあと、マルグリットは向こうの事情を説明してくれた。

マルグリットの徒弟が誘拐されたので、駐在武官と私兵を率いて救出に来たのだと言う。

もちろん、リンゲイン王国の許可を得たうえでの行動だ。

むしろリンゲイン王国は騎士たちを貸そうと準備してくれていたらしい。

だが、マルグリットは時間がないと急いだのだ。

マルグリットは侯爵で特命全権大使だがAランクの魔法剣士でもある。

「相手はロードだという情報だったから、私たちだけでやれると判断してしまったわ」

「ママ、本当によかったわね」

セルリスの言うとおりだ。奇跡的な幸運だ。

そして、エリックの方もほっと胸を撫でおろしていた。

全権特命大使が兵を率いてきていた事情が、重大な政治的事情ではなかったからだろう。

「エリックのことは伏せて、リンゲイン政府には報告するわね。いいかしら？」

ここまでのことがあった以上、報告しないわけにはいかない。

真祖に率いられた大量のヴァンパイア、昏竜に魔装機械だ。国防にかかわる。

「ああ、頼めるか？　苦労を掛ける」

「気にしないで、エリック。リンゲインとの折衝は得意分野よ」

そう言ってマルグリットは微笑んだ。

マルグリットの持つ爵位、シュミット侯爵はリンゲイン王族ゆかりの一族だ。

その関係もあり、マルグリットはリンゲインの王侯貴族に知己が多い。

だからこそ、全権大使に任命されたのだ。

そうして話が終わったころ、やっとマルグリットの部下たちが戻ってきた。

「屋敷には敵影は見つかりませんでした」

「ありがとう。魔石は？」

「はい。こちらになります。あとメダルのようなものや魔道具も集めておきました」

部下たちは実に優秀なようだ。屋敷の外で倒した昏竜の魔石や魔装機械の残骸《ざんがい》も持ってきていた。

「ロック、検分をお願いするわ。この中では一番得意でしょう？」

「そうだな。調べてみよう。ケーテとシアも頼む」

「わかったのである」「任せるであります」

ケーテとシアは元気に返事をすると、検分作業に入った。

俺も検分しながらマルグリットに向けて言う。

「魔道具はケーテも詳しいし、ヴァンパイア関連のものならシアは俺より詳しい」

「そうなのね、素晴らしいわ」

「そうなのである。詳しいのだ！」「それほどでもないであります」

ケーテとシアは口では正反対のことを言いながら、尻尾は同じように揺らしている。

「ところで、マルグリット。ここはリンゲイン王国のどこなんだ？」

「リンゲイン王都から徒歩で三日の位置にある、とある貴族の屋敷ね」

「……その貴族は？」

「謀反の嫌疑をかけられて連行されそうになったのだけど、その際に自害したわ」

本当に謀反の計画を立てていたのか、政敵に嵌《は》められたのかはわからない。

そして、それはリンゲイン王国の問題だ。俺が何かすることではない。

「俺たちが何か調べるわけにはいかないし、リンゲインの調査頼みになるな」

エリックの言うとおりだ。勝手に調べたりしたら、内政干渉と捉えられかねない。

情報交換を済ませた後、戦利品も分配する。

戦利品といっても金銭的な利益の分配ではなく、敵の状況の調査材料としての分配だ。

「本当はお金も支払うべきなんでしょうけど」

「それは気にしなくていい」

「ちなみに、あなたたちはどうやって帰るの？」

「敵の使っていた転移魔法陣を修復して使うつもりだ」

「そんなことができるの？」

マルグリットの問いになぜかケーテがどや顔で答える。

「普通はできないのであるが、ロックならできるであろう！」

「そうねロックさんならできるわ！」

セルリスも少し誇らしげに言った。

「それは……確かにそうかもしれないわね」

マルグリットはそう言ってから考え込む。

「マルグリット。もしかして再利用を考えているのか」

「そうね。行き来できるなら便利でしょう？」

「確かに便利だが、国防上の重大な問題になりそうだが」

エリックの懸念はもっともだ。

「それもロックに隠ぺいを頼めば何とかなるだろう」

「ゴランの言うとおりなのである。それに、もしばれても風竜王のせいにしてもいいのだ」

人族の国境に竜の王族は縛られない。

ケーテがやったと言えば、それ以上文句をつけることは難しいかもしれない。

「そういうことなら、開通させた後、リンゲインのマルグリットの屋敷に設置しに行こうか？」

「ありがたいわ。ロック。どのくらいかかりそう？」

マルグリットが期待のこもった目で見つめてくる。

開通すればセルリスと頻繁に会えるようになる。それが嬉しいのだろう。

「開通には、結構かかると思ってくれ」

「時間がかかってもいいわ。とても嬉しい」

そう言うとマルグリットは微笑んだ。

俺はきちんと正確な情報を伝えなければならないと考えた。

「マルグリット。転移魔法陣の開通まで早くても半日だ。遅ければ数日かかるかもしれない」

「え？　遅くても数日で済むの？」

意外にもマルグリットは前のめりになる。

「……あぁ、そのぐらいだろう」

「普通の宮廷魔導士なら数か月かかるわ。いくらロックでも数週間はかかるものとばかり」

「がっはっはっは！　数週間ならケーテでもできるのだ。ロックがそんなにかかるわけないのだ」

「がうがう！」

ケーテは尻尾を床にびたんびたんと叩きつけている。

その尻尾に嬉しそうにガルヴがぴょんぴょん飛びついていた。楽しそうで何よりだ。

「じゃあ、俺は魔法陣を開通させてくる。ほかの調査や連絡は任せた」

「おう、任せてくれ」

調査も連絡も大切だが面倒だ。そっちは全部エリックとゴランに任せておけばいいだろう。

俺は転移魔法陣の置いてある部屋に戻った。ガルヴが一緒について来た。

「……さて」

俺は転移魔法陣の調査に入る。

隠ぺいが得意な真祖の拠点にあった魔法陣だ。警戒しすぎるということはない。

そもそも、ここに来たのが、解析したら爆発する仕掛けがきっかけだった。

解析は慎重に、それも爆発なども考慮しなければならない。

「一番厄介なのは、支配権を取り返されることだよな……」

この転移魔法陣は遠隔操作で破壊された。その仕組みも解析する必要がある。

「思ったより大変かもしれない」

早ければ半日とか調子に乗ったことを言わなければよかった。

後悔し始めた俺を励まそうというのか、ガルヴがそっと足に寄り添ってきた。


それからしばらく経って、部屋にゴランが入ってきた。

「ロック。調子はどうだ？」

「ああ、今ちょうど終わったところだ」

「……終わったのか？」

「ああ。どのくらいかかった？」

集中しすぎたせいで、どのくらい経ったかよくわからない。

「…………二時間」

「十二時間か？　想定よりも早くできたな」

「いや、十二じゃなく、二時間だ」

「…………本当に？」

「ああ、本当だ」

思ったより時間が経っていない。俺の力量から考えても半日から一日かかると想定していた。

「……ゴラン」

「どうした？」

「もしかしたら、最近、強くなったかもしれない」

「…………そうか」「がうがう！」

少しゴランは固まっていた。一方、ガルヴは元気にゴランに飛びついていた。


それから、俺とゴランとガルヴは開通を知らせに皆のところに戻った。

どうやら、皆は食事の準備をしていたようだ。

食事の準備が完了したので、俺を呼びに来たのだろう。

「ロック。魔法陣の調子はどうであるか？」

「さっき終わったところだ」

「ふーん……え？」

ケーテにすごく驚かれた。そして、みんなにも驚かれた。

それから皆でご飯を食べた後、ケーテが言う。

「皆が転移魔法陣で帰った後、リンゲインの王都の方に我が飛んで持っていくのである！」

「そうしてくれると助かる。俺も行こう」

皆が転移魔法陣経由で帰還した後、俺とガルヴはケーテの背に乗った。

マルグリットは配下たちの都合もあり、配下たちと徒歩で帰ることになった。

そして俺はマルグリットとともに屋敷に向かうと、一室に転移魔法陣を設置する。そして魔法的、かつ物理的な防御を施した。

これでばれることも、悪用されることもそう簡単にはないだろう。

それから人型に戻ったケーテと一緒に転移魔法陣を通って帰還する。

そこにはエリックたちと狼の獣人族の族長たちが待っていた。

待機組のルッチラ、ニア、ゲルベルガさまにドルゴもいる。

ルッチラがゲルベルガさまを胸に抱いて、大急ぎで駆け寄ってきた。

「お疲れ様です。それにしても真祖とは」

すでにエリックたちが起こったことの説明をしてくれていたようだ。

ダントンも駆けつけてくれている。

「真祖か。我らの中にも実際に戦ったやつはいない」

やはり真祖は本当に珍しいらしい。あれほど強いのが何匹もいたら困る。

「ロック。転移魔法陣お疲れ様だ。とりあえず休め。あとのことは俺がやっておく」

「すまない。任せる」

「ロック。我が送っていくのである！」

「助かる」

そして俺はルッチラ、ガルヴ、ゲルベルガさまとケーテに乗って帰宅することになった。

シア、ニア、セルリスも一緒だ。

レイス対策の魔法防御も完了している。

後はエリック、ゴラン、ドルゴ、モルスと、ダントンたち族長たちにお任せだ。

「久しぶりな気がしますね！」

「そうだな」

「こここ」「がう」

ゲルベルガさまとガルヴも久しぶりに自宅に帰れるということで嬉しそうだ。

今日はレイス対策の魔法や戦闘で、たくさんの魔法を使った。

久しぶりに疲れた気がする。今夜はぐっすり眠れそうだ。

あとがき

ついに五巻まで来ることができました。

すべては読者の皆様のおかげだと思います。感謝の念に堪《た》えません。

作者のえぞぎんぎつねです。


このあとがきを書いているのは令和《れいわ》二年の四月なのですが、ＣＯＶＩＤ－19の感染拡大により、東京などの大都市で緊急事態宣言が出される大変な状況になっております。

私の住んでいる大阪も、緊急事態宣言の対象となっています。

編集部もテレワークになり、書店様も続々と休業になっています。

読者の皆様も、大変な思いをされているでしょう。

読者の皆様がこの本を手に取ったとき、「ああ、そんなこともあったなぁ」と思える状況になっていたらと願っています。

この本が予定通り、五月に出版されるかどうかもわからない状態でこのあとがきを書いております。

なるべく早く、事態が収束することを願っております。

さてさて、話は変わりまして、令和二年三月に本作「ここは俺《おれ》に任せて先に行けと言ってから10年がたったら伝説になっていた。」のコミックス三巻が発売になりました。

作画担当の阿倍野《あべの》ちゃこ先生と、ネーム担当の天王寺《てんのうじ》きつね先生のおかげで、素晴《すば》らしい出来になっております。

まだ読まれていない方は是非《ぜひ》ご覧ください。後悔はしないと思います！

さらに、拙作《せっさく》「最強の魔導士。ひざに矢をうけてしまったので田舎《いなか》の衛兵になる」のコミックス三巻が令和二年五月に発売になります！

こちらも、アヤノマサキ先生のおかげで、とても面白《おもしろ》くなっておりますので、是非是非、手に取っていただけると嬉《うれ》しいです。

「最強の魔導士。ひざに矢をうけてしまったので田舎の衛兵になる」の原作はＧＡノベルから五巻まで出ています。

コミックスを読んで面白いなと思っていただけましたら、そちらもお願いいたします！

さらにさらに、拙作「八歳から始まる神々の使徒の転生生活」のコミックスの連載がマンガUP！さんで始まりました。

作画は春夏冬《あきなし》アタル先生です！　こちらも大変面白いので、読んでいただけると嬉しいです。

そして興味を持っていただけたら、原作もどうぞ！

「八歳から始まる神々の使徒の転生生活」の原作はGAノベルから二巻まで発売中です。藻《も》先生のイラストが素晴らしいので、原作も是非是非お願いいたします。

私はコミカライズに恵まれた作家だと本当に思います。ありがたいことです。

最後になりましたが謝辞《しゃじ》を。

イラストレーターのDeeCHA先生。いつも大変素晴らしいイラストをありがとうございます。

ゲルベルガさまの可愛《かわい》い表情が素晴らしいです。

担当編集さまをはじめ編集部の皆様、営業部等の皆様、ありがとうございます。
本を販売してくれている書店の皆様もありがとうございます。
小説仲間の皆様、同期の方々。ありがとうございます。
そして、なにより読者の皆様。ありがとうございます。
令和二年五月に発売されることを祈って。

令和二年四月

えぞぎんぎつね

GAノベル

ここは俺に任せて先に行けと言ってから10年がたったら伝説になっていた。5

2020年5月31日　初版第一刷発行
2020年11月30日　　第二刷発行

著者　えぞぎんぎつね

発行人　小川 淳

発行所　SBクリエイティブ株式会社
〒106-0032　東京都港区六本木2-4-5
03-5549-1201　03-5549-1167（編集）

装丁　伸童舎

印刷・製本　中央精版印刷株式会社

ISBN978-4-8156-0608-4
Printed in Japan

ファンレター、作品のご感想をお待ちしております。

〒106-0032　東京都港区六本木 2-4-5
SBクリエイティブ株式会社
GA文庫編集部 気付

「えぞぎんぎつね先生」係
「DeeCHA 先生」係

本書に関するご意見・ご感想は
下のQRコードよりお寄せください。
※アクセスの際に発生する通信費等はご負担ください。

https://ga.sbcr.jp/

試読版は
こちら!

最強の魔導士。ひざに矢をうけてしまったので田舎の衛兵になる5

著：えぞぎんぎつね　画：TEDDY

GAノベル

　すっかり領主としての自覚が生まれたクルスとともに、さまざまな領地に向かい、クルス領を固めていくアルフレッド。そんななか、極地に転移魔法陣を設置しに行っていたティミショアラが戻ってきた。みんなで極地に向かい、ついに践祚《せんそ》の時を迎えるシギショアラ。そんなシギのもとには、方々から多くの古代竜たちが祝福と忠誠を誓うために訪れるのだった。

「……それはあれだ、死神の呪いだな」

　一方、ティミの一言をきっかけに、アルのひざに掛けられた呪いの正体が明らかになる！　痛むひざを庇いながらも、仲間たちと毎日楽しく、時に無双して過ごす、Sランク最強魔導士ののんびり無双なスローライフ、新たな仲間も加わってお届けする第５弾!!

試読版は
こちら!

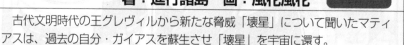

試読版は
こちら!